울지마 인턴

泣くな研修医
NAKUNA KENSHUI

Copyright © 2019 by YUJIRO NAKAYAMA
Original Japanese edition published by Gentosha, Inc., Tokyo, Japan
Korean edition is published by arrangement with Gentosha, Inc.
through Discover 21 Inc., Tokyo and Shinwon Agency Co., Seoul

이 책의 한국어판 저작권은 신원에이전시를 통해 저작권자와 독점 계약한
도서출판 미래지향에 있습니다. 저작권법에 의해 한국 내에서 보호를 받는 저작물이므로
무단 전재 및 복제를 금합니다.

울지마 인턴

나카야마 유지로 지음 | 오승민 옮김

차 례

프롤로그 ○ 7

교통사고 ○ 13
기초생활수급 ○ 49
아빼(충수염) ○ 85
이시이 ○ 131
도쿄 ○ 175
방귀 ○ 205

에필로그 ○ 231
옮긴이의 말 ○ 251

프롤로그

아침부터 비가 내리고 있었다.
비가 자주 내리는 계절이었다.
동네 수영장의 물을 다 끌어모아다가 커다란 양동이로 한꺼번에 끼얹는 것처럼 퍼붓는 그런 비였다.
규슈 최남단에 있는 남국의 땅 가고시마에는 종종 이렇게 비가 내린다. 이런 날씨엔 거리 곳곳을 누비는 노면전차 '시덴'의 운행이 중단되고 도로를 달리는 자동차도 줄어든다. 밖을 걸어 다니는 사람도 거의 없다. 거리 일부가 정전되면 음식점과 햄버거 가게는 조명을 끈 채로 영업한다.
라디오에서는 가고시마 사투리 억양이 강한 아나운서가 하천 범람을 주의하라고 방송하고 있었다.
시내 중심지에서 전차를 타고 10분 정도 더 가면 '기샤바'라는 정류장이 나온다. 거기서 내려 두 번째 길모퉁이를 돌면 나오는 세 번째 건물에 그 고구마 튀김집이 있었다. 가게 이름은 '삿슈아게야'다. 창업한 지 몇십 년 된 유서 깊은 가게도 아니고 손님이 바글바글한 유명 맛집도 아니지만, 예전에 한 번 신문에 실린 뒤로 규수 각지에서 가고시마로 수학여행을 오는 학생들이 꼭 들르는 단골 코스가 되었다.

가게 주인인 아메노 류조는 그날 아침부터 바쁘게 일하고 있었다. 가게에 일손이라곤 그와 그 아내뿐이라 갓 튀겨낸 고구마튀김을 주문하는 손님이 줄을 이으면 금세 바빠졌다. 가게는 작은 2층 건물의 1층에 있었고 2층에는 주인 일가족이 살고 있었다.

억수로 비가 내렸지만 가게에는 손님이 많았다. 은퇴한 노부부와 단체여행을 온 중년 여성 관광객들, 그리고 점심시간이 지난 지금 수학여행을 온 10명 정도의 학생들까지 더해져 가게 안은 꽉 차 있었다.

류조는 정신없이 고구마를 튀겨냈다. 갓 튀긴 튀김을 즉석에서 먹을 수 있다는 것이 이 가게의 자랑이었다. 이 점이 의외로 신기한지 가끔 외국인 손님도 찾아왔다.

아내는 끊임없이 들어오는 손님에게 돈을 받고 거스름돈과 고구마튀김을 건넸다.

그런데 어디선가 우당탕 소리가 들려왔다.

"엄마, 큰일 났어!"

아들 류지가 2층에서 내려오면서 엄마에게 말했다.

"뭔 일이야? 아까 점심 먹었잖아. 형이랑 놀고 있어. …… 예, 감사합니다!"

"형이 이상해."

류지가 훌쩍이며 말했다.

하지만 엄마는 류지에게 눈길도 주지 않고 계속 손님을 맞고 있었다.

'아마 또 한바탕 싸움이나 한 거겠지.'

류지는 결국 울먹이면서 계단을 올라가 2층으로 사라졌다.

류조는 궂은 날씨에도 생각보다 손님이 많아 신이 난 듯 안쪽 주방에서 고구마를 튀기고 있었다.

이내 수학여행 학생들이 고구마튀김을 받아들고 가게를 빠져나갔다. 이때 류지가 다시 계단을 내려왔다. 부모님이 바쁜 걸 알기 때문에 평소에는 2층에서 내려오는 일이 좀처럼 없던 아이였다.

그런데 류지가 내려오자마자 크게 울음을 터뜨렸다.

"엄마, 제발. 형이!"

너무나 크게 우는 아이를 보고 엄마는 보통 일이 아니라는 걸 직감했다. 무슨 일인지 물었지만 아들은 우느라 제대로 대답하지 못했다. 지금은 손님이 없으니 괜찮겠지 생각한 엄마는 하는 수 없이 "잠깐 2층 좀 올라갔다 올게요"라고 류조에게 큰 목소리로 말했다. 대답은 없었다.

엄마가 류지를 데리고 2층에 올라가자 얼굴이 붉어진 장남 유이치가 바닥에 쓰러져 있었다.

"유이치! 무슨 일이야!"

엄마가 곧장 뛰어가 유이치를 끌어안았다. 품에 안긴 아들의 팔이 힘없이 축 처졌다.
"왜 이래! 유이치! 정신 차려!"
얼굴을 때렸으나 반응이 없었다. 눈꺼풀은 미동조차 하지 않았다. 엄마는 유이치를 끌어안고 류지를 돌아보았다.
"내가 아까부터 형이 이상하다고 했잖아……."
류지는 그렇게 말하며 울고 있었다.
엄마는 유이치를 바닥에 눕히고 급하게 계단을 내려갔다.
"여보! 큰일이에요! 유이치가 이상해요!"
"에이, 호들갑 떨긴."
손님이 뜸해진 사이 기분 좋게 담배를 피우던 남편이 후우, 하고 담배 연기를 뿜어냈다.
"그건 그렇고, 오늘은 웬일로 비도 오는데 손님이…"
"여보 그럴 때가 아니라고요! 빨리 구급차 불러요! 유이치가!"
류조는 아니, 자꾸 무슨 헛소리야, 라고 장난스럽게 말하려다 평소와 전혀 다른 아내의 얼굴을 보고 입을 다물었다. 뭔가 이상했다.
류조는 그대로 계단을 뛰어 올라갔다.
"야! 왜 그래!"
바닥에 축 처져 있는 아들이 눈에 보이자 류조는 바로 달려가 아들을 끌어안았다.
"유이치! 정신 좀 차려! 무슨 일이야!"
아무리 흔들어도 반응이 없었다. 자세히 보니 입에 거품을 조금 물고 있는 듯했다. 입술이 명란젓처럼 부풀어 올라 있었다.
'뭐야 이거…… 보통 일이 아닌데.'

"여보, 구급차 불러! 빨리!"
"아까부터 말했잖아요. 번호가 생각이 안 난다고!"
"젠장, 110번이잖아! …… 아, 아니다, 119번이었나…….”
"아, 맞아요! 119번!"
엄마는 계단을 날듯이 뛰어 내려가 전화를 걸었다.
"아들이 이상해요, 대답을 안 해요. …… 네, 네, 위치는 기샤바 정류장에서…… 제발, 빨리 와주세요!"

교통사고

"알겠습니다. 그럼 약을 처방해드릴 테니 잘 챙겨 드세요."

수차례 당직을 선 끝에 드디어 적응한 것일까. 인턴 1년 차인 25세 아메노 류지는 이제 당직 업무에 좀 익숙해진 듯했다. 의대에서는 전혀 배우지 못했던 병원 시스템이 드디어 보이기 시작한데다가 당직에 필요한 지식이 실린 응급 교과서를 열심히 공부한 덕분이었다.

그가 근무하고 있는 병원은 도쿄 상업지구에 있는 종합병원으로 하루 외래환자가 1,000명에 구급차 수용 대수가 한 해 3,000대, 500병상 규모다. 이 병원에서는 의사 경력 1년 차 수련의, 즉 인턴은 기본적으로 4, 5년 차 의사(후기 연수의 즉 레지던트)와 함께 당직에 임하도록 되어 있다.

이날 류지와 함께 당직을 서는 의사는 외과 직속 상사이자 레지던

트인 사토 레이였다.

감기나 두통, 복통 등을 호소하는 경증 환자를 차례차례 진찰하고 바로 귀가시킨다. 이날은 여느 때보다 진찰해야 하는 환자 수가 많았다. 류지는 진한 푸른색의 수술복 상하의를 입고 흰 가운은 걸치지 않은 채 외래 부스 B에서 진찰하고 있었다. 흰 가운은 일부러 입지 않았다. 처음 만나는 환자와 얘기하다 보면 긴장한 나머지 땀을 비 오듯 흘려서 옷깃이 누렇게 변하기 때문이다.

옆 부스에서는 사토가 빠른 속도로 외래진료를 보고 있었다. 의사 둘이서 30명 정도를 진찰했을까, 사토가 부스 B를 들여다보면서 이야기했다.

"야, 좀 끊긴 거 같지? 밥 먹으러 갈까?"

사토는 머리카락을 뒤쪽에서 하나로 단정하게 묶은 헤어스타일에 얼굴은 곱게 화장도 했다. 그렇다고 진한 화장은 아니었다.

"네, 알겠습니다."

둘은 응급 외래 옆에 있는 간호사 휴게실로 갔다. 배달시킨 코코이찌방야 카레 도시락이 이미 와 있었다. 사토는 항상 '비프카레에다 낫토와 치즈를 토핑하고 맵기는 5단계'로 주문했다. 류지는 토핑이 없는 보통 카레였다.

"그나저나 오늘은 진짜 환자 많았어."

사토가 소파에 앉으며 말했다. 류지는 맞은편에 앉았다. 좁고 어수선한 방이었지만 왠지 마음이 편안해져서 류지는 이곳을 좋아했다. 작은 TV에서는 뉴스가 방송되고 있었다.

"에고, 고속도로에서 정면충돌이라. 바로 즉사했겠는데"라고 사토가 말했다.

"사고가 크게 났네요. 일가족 3명이 타고 있었다는데."

"너무 끔찍하네."

"…… 어라, 저기 이 근처 아니에요?"

의대를 졸업하고 가고시마에서 상경한 지 얼마 안 된 터라 도쿄 지리를 잘 모르는 류지에게도 익숙한 지명이었다.

"그러네. 이 근방이네……. 근데 이거 왜 이렇게 맵니."

사토의 카레는 그냥 눈으로 봐도 류지의 카레보다 색이 빨갰다. 사토는 언제나 맵기를 5단계로 업그레이드해서 먹었는데 그때마다 땀을 한 바가지로 흘리곤 했다.

'그렇게 매우면 안 매운 걸로 주문하면 될 텐데.'

류지는 속으로 그렇게 생각했다. 그러나 절대 입 밖에 내지는 않았다. 선배가 하는 일에는 절대 토를 달 수 없으니까.

바로 그때 사토의 휴대폰이 울렸다.

삐리리리 삐리리리.

'뭐지, 이상하다.'

환자가 오거나 구급차 수용요청이라면 인턴인 류지의 전화로 오게 되어 있다.

왜 자신이 아닌 사토의 전화로 연락이 온 걸까. 불안감을 느낀 류지는 남은 카레를 한번에 먹어치웠다.

"네, 외과 당직의 사토입니다. …… 네?"

사토의 안색이 순간 변했다.

"…… 알겠습니다, 어려우시다고요. 네, 오늘은 이와이 선생님도 계십니다, 네."

뭔가 비상사태가 벌어진 듯했다.

"…… 네. 10분 뒤요. 알겠습니다."

그렇게 전화를 끊고 사토는 류지에게 눈길도 주지 않고 곧바로 전화를 걸기 시작했다. 통화 상대방은 이와이일까?

사토는 전화를 걸면서 손짓으로 TV를 가리키며 "방금 저거, 이리로 온대"라고 말했다.

'네? 아까 그거요?'

류지는 되물어보려다 사토의 표정을 보고서 그만두었다.

방금 그 고속도로 정면충돌 사고의 환자들이 이 병원으로 온다는 얘기일까? 갑자기 소름이 끼쳤다. 류지는 지금까지 중증환자를 진료해본 적이 한 번도 없었다. 사토가 벌떡 소파에서 일어나 걷기 시작했다. 류지도 허둥지둥 뒤따라갔다.

바삐 걷는 와중에도 사토는 전화로 계속 상황을 설명하고 있었다. 고무줄로 질끈 묶은 긴 머리채가 흔들렸다.

"아, 선생님. 밤늦게 죄송해요. 핫라인(구급요청)입니다. 고속도로에서 정면충돌한 일가족 3명, 운전자인 아빠는 외상없음, 뒷좌석의 엄마는 쇄골골절, 그리고 소아가 복벽파열, 3명 모두 바이탈(혈압이나 심박수 등 기본적인 생존 사인)은 안정. 근처 응급실이 풀이어서 수용 불가하여 저희 쪽으로 요청이 들어와서 OK 했습니다. …… 네, 준비하겠습니다."

구급차가 사고현장에서 환자를 싣고 이리로 향하고 있는 듯했다. 사토는 전화로 계속 설명하다가 응급 외래로 돌아오자 입고 있던 가운을 휙 벗어 던졌다.

"자, 준비하자고! 이와이 선생님도 오신대! 정형외과 당직한테도 콜 해줘!"

이미 간호사들은 수액과 모니터, 채혈 세트 등을 준비하고 있었다.

"류지 선생, 알아들었지? 빨리 시작하자!"라고 말하면서 사토가 글러브를 꼈다.

"네!"

류지도 글러브와 마스크를 꼈다. 곧 도착할 환자는 상당한 중증 이른바 다발성 외상환자다. 심지어 그중 한 명은 어린아이였다. 아직 의사 1년 차인 류지는 다발성 외상은커녕 소아를 진찰해본 경험조차 없었다. 응급 외래 간호사도 그 사실을 알고 있어서인지 "좋은 게 있어요"라고 하면서 베드에다 커다란 시트를 깔았다.

시트에는 소아의 전체 윤곽으로 보이는 선들이 몇 개 그려져 있었고 그에 따른 추정 몸무게와 수액 등의 양이 기재되어 있었다. 아마 이 응급 외래에서도 소아 환자가 자주 들어오지 않는 모양인지, 소아 환자에 익숙하지 않은 의사를 위한 시트로 보였다.

"밤늦게 죄송해요, 외과 사토입니다. 지금 오고 있는 응급 환자 수술 때문에 연락드렸습니다……."

사토는 분주하게 여기저기 전화를 걸고 있었다. CT와 수술, 수혈 등을 준비하기 위해서인 듯했다.

튜브와 채혈을 위한 실린지(주사기) 등의 세트 준비가 끝나자 류지는 더 이상 할 일이 없었다. 아까 10분 뒤라고 했으니 지금부터 3~4

분 정도 지나면 도착할까……? 그런 생각을 하고 있는데 덩치 큰 외과 의사 이와이가 나타났다.

"준비는 됐어?"

"네." "네." 모두가 대답했다. 류지도 마스크를 일단 빼고 "네!"라고 대답했다.

"OK, 수술 가능성이 크니까 그렇게들 알고 있어. 그리고 어레스트(심정지) 가능성도 있을 거야."

류지가 움찔했다. 어레스트…… 라고?

"어이 인턴."

안 그래도 목소리가 큰 이와이가 갑자기 부르는 바람에 류지는 화들짝 놀랐다.

"입가에 카레 묻어 있다."

이와이가 웃고 있다.

"네! 죄송합니다!"

서둘러 휴지로 닦아내고 다시 마스크를 꼈다. 어느새 두 명으로 늘어난 간호사도 사토도 모두 웃고 있었다. 어떻게 이런 긴박한 상황에서 다들 웃고 있을 수 있지? 류지는 그저 신기할 따름이었다. 그때였다.

삐~뽀~ 삐~뽀~.

멀리서 익숙한 사이렌 소리가 들려왔다.

"드디어 오는군."

류지는 너무 긴장한 나머지 무심결에 혼자 중얼거리고 말았다. 다른 이들은 모두 조용했다.

사토는 방 안을 왔다 갔다 했다. 이와이는 팔짱을 끼고 가만히 서 있었다. 류지는 글러브를 낀 손깍지를 꼈다 풀었다 했다.

사이렌 소리가 가까워지다가 갑자기 소리가 멈췄다. 조용히 병원 부지 내로 미끄러지듯 들어오는 그 차 안에는 당장에라도 숨이 끊어질 것 같은 위중한 환자들이 실려 있다.

사토가 외부와 연결된 커다란 자동문을 열고 밖으로 나갔다.

"왔다!"

이와이가 소리쳤다. 류지는 주먹을 꽉 쥐었다.

"환자입니다!"

젊은 대원이 소리치며 하얀 구급차에서 어린아이가 실린 들것을 내렸다. 온몸이 축 처져 있었다. 이어서 아이의 부모가 내렸다. 아빠는 무사한 듯했다. 엄마는 걷지 못하는지 즉시 휠체어에 태워졌다.

대원 한 명이 달려와서 사토에게 보고했다. 다른 두 대원이 아이가 실린 들것을 밀어서 베드와 나란히 놓았다. "하나, 둘, 셋"의 구령과 함께 소년이 베드로 옮겨졌다. 배에는 피로 붉게 물든 거즈가 잔뜩 올려져 있었다. 눈은 흰자위만 보였고 안색은 창백했다. 의식은 몽롱한 듯했다.

"부모는 바이탈 측정하고 정형외과로 넘겨!"

사토가 지시를 내리자 간호사가 부모를 데리고 나갔다.

이와이는 "일단 옷을 다 벗기고 모니터 달아"라고 지시하고는 이어서, "구급대원 얘기로는 아이는 카시트에 타고 있었대. 아, 나이는 다섯 살이야"라고 말했다.

거즈를 제거하자 배에서 장이 튀어나와 있었다. 반사적으로 류지는 떼어낸 거즈로 다시 배를 눌러 버렸다.

"선생님! 장이 보입니다!"

류지가 소리치자 사토가 "어디 봐"라고 하면서 거즈를 떼어냈다. 분홍색을 띤 깨끗한 장과 검게 변한 소장이 보였다.

"복벽파열과 탈장, 일부 손상 있음. 아직까지 액티브한 출혈은 보이지 않는다."

사토의 말투는 평소와 똑같았다. 간호사가 사토의 말을 받아 적었다.

"바이탈 잡혔어요! 혈압 60/34, 심박수 140, 산소포화도 92%!"

다른 간호사가 보고했다.

"OK. 산소 리저버 8리터로 시작하고, 사토는 라인 두 개 확보하고 동시에 CBC(일반혈액검사, 혈액 내 존재하는 적혈구, 백혈구, 혈소판에 대한 정보를 제공하는 검사-옮긴이)·생화학 채취, 인턴은 동맥혈 채혈해. 나는 수술방에다 연락할게. CT는 올라가는 도중에 찍어. 오늘 당직은 예쁜 방사선과 여의사다."

이와이가 씩 웃으며 말했다. 하지만 마지막 말에는 아무도 대꾸하지 않았다.

류지는 몸집이 작은 아이의 발목을 잡고 동맥 박동을 찾기 시작했다. 혈압이 낮아서인지 좀처럼 잡히질 않았다.

"이쪽 라인은 잡았어! 수액 연결해줘!"

사토가 벌써 수액 라인 하나를 확보했다.

'빠르다!'

아이인데다 이 정도 혈압이면 정말 잡기 어려운데.

류지는 지시받은 동맥혈을 채취하기 위해 왼쪽 검지와 중지 끝에 의식을 집중했다. 본래 아이는 동맥이 가늘어서 잡기가 어렵다. 가뜩이나 어려운 일인데 손에 글러브를 낀데다 설상가상으로 아이의 혈압까지 낮아서 좀처럼 잡히지 않았다. 류지는 더욱 정신을 집중했다.

주변의 소음이 점차 사라져간다. 어느새 세상에 소년과 나만이 남는다. 나는 오롯이 손끝이 되고, 소년은 동맥이 된다. 그 순간 동맥박동이 잡혔다.

류지는 오른손에 들고 있던 바늘을 거침없이 꽂았다. 바늘과 연결된 주사기 안으로 빨간 피가 빨려 들어온다. 류지는 저도 모르게 "됐어!"라고 소리 내어 말하고는 뽑은 피를 간호사에게 건넸다.

"라인 하나 더 잡았어, 연결해줘"라고 사토가 말했다.

라인을 연결한다는 것은 정맥에 관을 꽂는 것인데 이렇게 하면 약이든 수액이든 필요한 것을 다 주입할 수 있다. 이번 같은 외상환자의 경우는 라인을 잡는 것이 최우선으로 시행되어야 하는 필수 조치였다.

"선생님, 혈압이 오르기 시작했어요. 92에 50!"

수액의 효과가 벌써 나타나기 시작한 듯했다. 이와이가 통화를 마쳤다.

"수술은 언제든지 가능하대. 다른 손상이 없는지 체크하고 문제가 없으면 바로 수술방으로 올라간다."

"알겠습니다."

류지가 대답했다. 도뇨관을 삽입하고 소년의 혈압이 안정된 것을 확인한 뒤 들것 채로 CT실로 갔다.

CT를 촬영한 결과 요추체가 골절되어 있고 늑골도 몇 개 부러진 듯했다. 그 외의 장기에는 손상이 보이지 않았다.

이와이가 말했다.

"그럼 수술방으로 가자. 연락은 이미 해놨어."

그 말투만 보면 마치 "밥이나 먹으러 가자. 예약은 해놨어"라고 하는 것 같았다.

수술방 앞에서 류지는 이와이, 사토와 함께 손을 씻고 있었다. 수술을 앞둔 외과 의사는 반드시 외과적 손 씻기라는 특별한 과정을 거쳐야 한다. 시간을 들여 손을 씻고 알코올로 문지르면서 손에 묻어 있는 세균을 제거하는 것이다. 그 시간은 외과 의사에겐 일종의 신성한 통과 의례이기도 했다. 세상과 거리를 둔 채 자신의 사사로운 감정을 배제하면서 환자의 몸과 마주할 준비를 한다.

류지는 거울에 비친 자기 얼굴을 쳐다보면서 알코올로 꼼꼼하게 손을 비볐다. 세면대에 붙어 있는 커다란 거울은 딱 얼굴 높이여서 보기 싫어도 자기 얼굴을 볼 수밖에 없다. 두꺼운 눈썹이 팔자(八)로 축 처진 것은 불안감 때문일까. 류지는 평범하게 생긴 자신의 얼굴을 볼 때마다 맥이 빠졌다. 왜 하필 이런 데다가 거울을 달아놨을까. 다른 외과 의사들은 자기 얼굴을 보면 집중력이 더 늘기라도 하는 걸까. 류지는 그게 늘 궁금했다.

새벽 0시. 주변은 쥐 죽은 듯이 고요했다. 다른 응급 수술은 없는 듯했다.

이 수술방은 오래전에 만들어진 것으로 긴 복도를 따라 1번부터 10번까지 수술방이 쭉 이어져 있다. 누르스름한 녹색을 띤 바닥에는 군데군데 얼룩이 져 있었는데 주기적으로 왁스 칠을 해서인지 반들반들 윤이 났다. 류지가 문지른 알코올이 발밑으로 뚝뚝 떨어지면서 바닥에는 크고 작은 원 모양의 얼룩들이 생겨났다.

손 씻기를 마치고 세 사람은 수술방으로 들어갔다. 이와이와 사토는 소년의 배에다 갈색 베타딘을 발라 소독한 뒤 선명한 녹색 천을 덮어씌웠다. 천의 한가운데에는 네모난 구멍이 나 있어서 소년의 복부만이 드러났다. 그 순간부터 소년은 얼굴도 팔다리도, 이름도 나이도 성별도, 가족도 친구도, 그 인격조차 없는 그야말로 '복부' 그 자체가 된다.

외과 의사에게 있어서 환자의 인격은 그 치료행위에 아무런 영향을 미치지 못한다. 어디서 태어나 어떻게 자라고 무슨 생각을 하며 누구를 사랑하는지 따위는 전혀 중요하지 않다. 다만 그의 일부인 피부, 근육, 장기, 혈관, 신경, 조직을 대면할 뿐이다. 이 '천 가리개'는 그런 용도에 딱 맞는 아주 훌륭한 발명품이었다.

이와이와 사토는 정확하고 빠른 손놀림으로 수술 준비를 해나갔다.

"내 발밑에다 받침대 좀 하나 놔줘. 보비(전기 메스)랑 석션(흡인기구) 세팅하고."

"맨 처음에 이리게이션(복강 내 세척) 할 거니까 따뜻한 세척용 노말 셀라인(생리식염수) 준비해."

구체적으로 지시가 내려진다.

류지는 '치프(집도의)', '제1 어시스트(조수)' 다음의 세 번째 외과 의사 즉 '제2 어시스트' 자격으로 수술에 참여하는 듯했다.

여기서 '듯했다'라고 한 것은 이에 대해 누구도 명확하게 말해주는 사람이 없기 때문이다. 움직임이나 분위기를 보고 눈치껏 알아차리는 수밖에 없다. 외과 의사들은 항상 그랬다. 불필요한 말은 일절 하지 않는다. 쓸데없는 잡담을 안 하니 입 밖으로 내는 한 마디 한 마디가 모두 중요한 의미를 담고 있다. 이는 고도로 훈련된 팀의 효율성을 더욱 높이는 결과를 낳기도 한다.

"타임아웃."

사토가 말했다. 별로 긴장이 느껴지지 않는 목소리였다.

타임아웃이란 수술에 들어가기 전 환자가 뒤바뀌지 않았는지 확인하고 어떤 수술을 어느 정도의 시간 안에 실시하는지 등에 관한 내용을 외과의, 간호사, 마취과의, 기타 스텝들과 공유하는 시간이다.

"네."

간호사가 환자의 이름과 나이 등을 말해나갔다.

"수술방식은 소장부분절제술로 그 외 장기손상이 있으면 추가로 절제한다. 마지막으로 복벽을 재건하면 수술은 끝난다. 시간은 1시간 반에서 최대 4시간, 출혈은 100ml 이하로 막는다."

사토가 말했다. 여자 마취과 의사가 그 뒤를 이어서 말했다.

"마취에서의 리스크는 빈혈과 하이포볼레미아(저혈량증), 그리고 척추도 골절되어 있으니 트랜스(이동)할 때 조심해야 합니다."

"메스."

사토가 말했다.

"아, 필요 없나? 아니야, 일단 줘봐."

녹색 천에 둘러싸인 복부는 피부와 근육이 떨어져 있었고 일부는 복벽에 구멍이 크게 나 있어 장이 노출되어 있었다. 사토는 구멍을 넓히듯이 메스로 피부를 쓱 절개해나갔다.

"보비."

삐~.

지지직 소리가 나면서 연기가 피어올랐다.

잽싸다…… 게다가 완벽한 직선이야…….

사토는 50 아니 100건 정도 수술을 집도했을까. 4년 뒤에 나도 저렇게 해낼 수 있을까. 그녀는 정확하면서 빠른 솜씨로 개복해나갔다. 출혈도 거의 없었다. 이와이는 이따금 "좀 더 오른쪽", "어, 됐어"라고 말할 뿐 거의 지시를 내리지 않았다.

작은 복부가 크게 열리자 사토가 말했다.

"링 드레이프랑 리트렉터."

여러 기구가 장착되면서 복부의 상처가 마름모꼴로 크게 벌어지고 그 안이 훤히 들여다보였다.

"먼저 이리게이션부터."

사토가 간호사에게 건네받은 커다란 은색 피처 속의 온수를 복부 안으로 확 들이붓자 곧바로 이와이가 이를 석션(흡인)하기 시작했다.

"그럼 전체 장기를 자세히 살펴보자. CT에선 별문제는 없어 보였는데. 먼저 인테스틴(창자)부터."

이와이가 말했다. 배에서 소장을 일단 전부 꺼내어 맨 끝부터 쭉 살펴본다.

"여기랑 여기가 손상됐네요. …… 여긴 괴사되었어요. 잘라낼까요?"

"글쎄, 일단 여기만 해도 될 것 같은데."

두 사람의 대화는 류지도 대충 이해할 수 있는 내용이었다. 사고가 나면서 안전벨트와 척추 사이에 낀 장이 손상되었는데 색으로 손상 정도를 판별해내는 듯했다. 확실하게 장천공이라고 할 만한 부위는 없어 보였다.

소장은 분홍색을 띠었다. 마치 하얀 종이에다 살구색 수채화 물감을 풀어놓은 듯한 산뜻한 색이었다. 그런데 일부는 썩은 무화과처럼 갈색이나 검은색으로 변해 있었다. 류지는 수술방에서 소장과 대장, 간 등의 내장을 볼 때마다 정말 아름다운 자연 본연의 색상에 감탄하곤 한다. 이럴 때면 '인간은 자연의 일부'라는 사실을 인정하지 않을 수 없었다.

"이제 어디가 남았지? 일단 소장을 전부 다 뱃속에 넣자. 판크리스(췌장)는 괜찮나? CT는 좀 애매하던데."

작은 몸속에다 소장을 주르륵 쏟아 붓고는 두 사람은 또다시 배 안에다 손을 넣고서 뒤지기 시작했다.

"선생님, 십이지장에도 압궤 손상이 약간 있네요."

"그러네……."

류지는 몸을 앞으로 기울여서 뱃속을 들여다보았지만, 어느 게 췌장이고 어느 게 십이지장인지 분간조차 되지 않았다. 사토가 말없이 손가락으로 췌장과 십이지장을 짚어줬다.

"이건 좀 애매하네…… 뭐, 이 정도면 어떻게든 되겠지. 췌장관은 문제없어 보이니까."

옅은 노란색을 띤 췌장의 췌체 부위 즉 십이지장으로 빙 둘러싸인 부위의 조금 왼쪽이 갈색으로 변해 있었다.

"드레인 꽂고 보존적 치료(컨서비)로 갈까요?"

"그래, 나쁘지 않지."

컨서버란 손상을 입은 부분을 잘라서 제거하는 것이 아니라 잠시 상황을 지켜보는 것을 말한다. 그 대신 출혈이나 췌장액이 새어 나오면 바로 알 수 있도록 드레인이라 불리는 관을 근처에 장착시키는 치료다.

그러나 류지는 아직 그 뜻을 몰랐다. 두 사람은 눈 깜짝할 새에 손상된 소장을 절제하고 장과 장을 문합했다. 류지는 전혀 따라가지 못한 채 거의 손을 놓고 있었다.

"자, 다시 이리게이션"이라고 이와이가 말하자 처음처럼 첨벙 하고 배 안에다 온수를 들이부었다. 온수 위로 떠오른 장을 보며 류지는 참 맛있게 생겼다고 생각했다. 하지만 이내 생각을 지워버렸다. 대체 무슨 생각을 하고 있는 거야. 그 순간 급히 카레를 먹은 후 시간이 꽤 지나서 배가 고프다는 걸 깨달았다.

"그럼 드레인 넣고 배를 닫는다. 감장봉합relaxation suture 도 할 거야."

사토는 그렇게 말하고 능숙하게 배를 닫기 시작했다. 보통은 수개월에 녹아 없어지는 실로 꼼꼼하게 봉합하지만 이날은 나일론이라 불리는 전통적인 실로 대충 봉합했다. 아마 꼼꼼히 봉합해도 재감염을 일으키면 다시 열어야 하기 때문일 것이다.
'창자가 튀어나왔으니 충분히 그럴 수 있겠지.'
마지막 한 땀을 꿰매고 이와이가 순식간에(정말 손이 보이지 않았다) 실을 매듭지었다.
"수고하셨습니다."
사토는 마지막 실을 쿠퍼(가위)로 싹둑 잘랐다.
수술은 끝났다.
상처에 거즈를 대고 녹색 천을 치우자 소년의 복부에 손과 발과 가슴과 얼굴이 돌아왔다. 거기엔 분명히 다섯 살 소년이 누워 있었다. 교통사고로 크게 다쳐 이송된 바로 그 아이였다. 정교한 살덩어리, 신경과 혈관으로 둘러싸인 장기 덩어리에서 한 인격체인 '사람'으로 돌아왔다. 배에는 커다란 상처가 있고, 입에는 관을 물고 있다.
'이렇게 작은 몸인데······.'
그런 생각이 드는 순간 류지는 현기증이 났다.
"잠깐만요." 하면서 류지는 수술대를 떠나 가운을 벗고 글러브를 벗었다. 시야가 엿가락처럼 휘어졌다.
캄캄하다. 저편에서 뭔가가 움직인다. 잘 보이지 않는다. 뭐지, 저건······ 뭔가 두 개가 보이는 것 같은데······. ······ 사람?
아니야, 사람치곤 너무 작아. 아이 같은데······ 좀 더, 조금만 더 잘 보이면 좋겠는데······.
모습이 서서히 뚜렷해진다.

저건…… 나다. 옛날의 나잖아. 그리고 옆에 있는 건…… 형이다. 누워 있는 건 형이다. 난 도대체 뭘 하고 있지? 형은 왜 누워 있고……? 난 뭔가 열심히 소리치고 있다. 인마, 더 큰 소리로, 똑바로 말하라고! 안 그러면…….

그 순간 하얀 막이 위에서부터 내려오면서 류지의 눈앞이 새하얘졌다.

*

"나 원 참, 쓰러질 줄은 몰랐네."

이와이가 웃음을 머금고 말했다. 정신이 들고 보니 류지는 수술대기실의 소파에 누워 있었다.

"아마 피곤했던 거 아닐까요? 며칠 집에 못 들어간 모양이던데."

사토가 대답했다. 류지는 아무래도 까무러친 모양이었다. 누가 소파로 옮겨준 걸까? 수술이 끝난 지 그리 오랜 시간이 지난 것 같지는 않았다. 정신이 든 것을 어떻게 알려야 할까 고민했지만 그렇다고 마냥 자는 척을 할 수도 없는 노릇이었다. 하는 수 없이 일어나기로 했다.

"아이고, 일어나셨어요."

이와이가 생글생글 웃으며 말했다.

"네, 죄송합니다."

머리를 긁적이며 류지가 말했다.

"괜찮아?"

사토가 평소의 말투로 말했다.

"네, 죄송해요. 저도 모르게 쓰러졌나 봐요. 정말 죄송합니다."

"그나마 수술 끝나고 쓰러져서 다행이었지. 타이밍이 아주 기가 막혀, 인턴."

"죄송합니다."

쓰러질 때 머리를 부딪친 걸까. 후두부가 콕콕 쑤셨다. 만져보니 혹(피하혈종)이 생겨 있었다. 다들 수술방에서 의사나 간호사가 쓰러지는 일에 익숙해서인지 그렇게까지 걱정하는 것 같지 않았다. 류지는 그저 사과하는 수밖에 없었다.

"저기, 환자분은······."

"ICU(집중치료실)로 갔어. 아직 발관(拔管)을 안 했으니까."

"아, 네. 감사합니다. 저, 보고 올게요."

그렇게 말하며 류지는 일어섰다. 등 오른쪽도 콕콕 통증이 느껴졌다.

'견갑골 쪽인가. 설마 부러진 건 아니겠지······. 그 큰 견갑골도 부러질 수 있나?'

꽤나 요란하게 쓰러진 듯했다. 류지는 수술복 차림으로 수술방을 나와 같은 층에 있는 ICU로 향했다. 어두운 복도는 쥐 죽은 듯이 고요했다. 지금이 정확히 몇 시인지 알 수 없지만 적어도 새벽 1시나 2시쯤은 되었을 것이다. 왠지 소리를 내면 안 될 것 같은 기분이 들어 류지는 슬리퍼를 신은 발가락 끝에 힘을 주며 복도를 걸어갔다.

새벽의 병원 복도에서는 늘 어떤 기운이 느껴진다. 누군가 모퉁이 저쪽에서 숨죽이며 서 있을 것 같은 기운. 내 공포심 때문일까? 아니면 셀 수 없이 많은 사람들의 '죽음'을 받아들여 왔던 이 복도가 만들어낸 기운일까. 그 어느 쪽이든 경외심을 잃지 말고 엄숙한 마음으로 걸으면 돼. 만약 유령이나 귀신이 있다 해도 그건 병원이니까……. 예의 없는 행동만 안 하면 괜찮을 거야.
 그렇게 자신을 다독이며 류지는 걸었다.

 'ICU(집중치료실)'라고 쓰인 작은 창문에서 어두운 복도로 빛이 새어 나오고 있었다. 저 방의 밝기는 24시간 똑같다. 죽음의 문턱에서 치료받는 환자들만이 들어가는 방이다. 이기는 싸움도 있는가 하면 지는 싸움도 있다. 생명의 빛이 서서히 광채를 내뿜을 때 저 작은 창문에서 비치는 빛은 조금 더 밝아진다.
 류지가 의대생일 때 들었던 'ICU는 삼도천(불교에서 사람이 죽어서 저승으로 가는 도중에 있다는 내-옮긴이) 뱃놀이'라는 말이 문득 머리를 스쳤다. 그 말을 했던 학생은 신중치 못한 태도라며 교수님에게 크게 혼이 났었다.
 ICU 가까이 다가가자 문이 저절로 열렸다. 감염을 예방하려면 자동문이 좋다. ICU 문은 이중으로 되어 있다. 다음 문도 근처로 다가가자 자동으로 열렸다.
 백열등이 병실 안을 환하게 비추고 있었다. 꼭 한밤중의 시골 편의점 같다고 류지는 생각했다. 가고시마의 시골길은 깜깜해서 갑자기 편의점을 발견하면 너무 밝아 눈이 부시곤 했다.
 병실에는 많은 베드가 놓여 있었다. 방금 수술을 마친 그 아이는 출구에서 가장 가까운 곳에 있었다. 베드 옆에 걸린 명찰에는 '야마

시타 다쿠마(山下拓磨)'라고 기재되어 있다.

'이름이 다쿠마구나.'

류지는 조용히 다가가서 아이 얼굴을 봤다. 입에 삽입된 관은 그대로 커다란 인공호흡기 기계로 연결되어 있었다. 코에 꽂힌 비위관nasogastric tube이라 불리는 콧줄은 베드 옆쪽에 걸린 작은 주머니로 연결되어 있었다.

류지는 모니터와 수액 등을 쭉 살펴본 뒤 문제없음을 확인하자 다시 그 작은 얼굴을 들여다봤다. 인공호흡기가 주기적으로 산소 농도 50%의 기체를 주입하고 있어서 아이의 가슴과 턱이 위아래로 규칙적으로 움직였다. 가볍게 열려 있는 눈꺼풀 아래로 검고 긴 속눈썹이 약간 젖어 있었다. 입은 벌려져 있고, 얼굴에는 테이프로 2개의 관이 고정되어 있다. 뺨은 통통했다. 연한 하늘색 수술복을 입은 몸이 전체적으로 약간 오른쪽으로 기울어져 있었다. 욕창 방지를 위해 몸을 주기적으로 오른쪽과 왼쪽으로 돌려놓기 때문이다.

잠시 들여다보고 있는데 갑자기 아이의 입이 살짝 움직였다. 우물우물 관을 밀어내려고 하는 것 같았다. 동시에 눈꺼풀을 두 번 감았다가 살며시 열었다. 너무나도 미세한 동작이어서 계속 쳐다보고 있어야 겨우 알아차릴 수 있는 그런 움직임이었다. 그런데 류지에게는 이것이 살려고 하는 의지로 보였다.

의학적으로 얕은 진정상태에서 이런 움직임을 보이는 것은 자연스러운 일이다. 류지도 그건 알고 있었다. 그럼에도 류지는 아이에게서 삶에 대한 강한 의지를 느꼈다. 류지 혼자서 그렇게 느끼고 싶었던 것일지도 모른다. 하지만 그래도 상관없었다.

이 작은 인간을 류지는 어떻게든 살려내고 싶었다.

간호사에게 작은 소리로 "특별한 건 없지요?"라고 물어보자 "네, 없어요"라고 대답했다. 류지는 집중치료실을 나왔다.

아직 당직 중이잖아. 수술 1건을 끝내긴 했어도 다른 환자들이 있으니까 일단 응급 외래로 돌아가자.

류지는 왔던 복도를 다시 되돌아갔다.

*

그날 밤 응급 외래에 더 이상 환자는 오지 않았다.

류지는 그대로 당직실에서 잠을 잤다. 수술 때문에 꽤 피곤했는지 매우 깊은 잠을 잤다. 아침에 일찍 눈을 뜨자 피로가 대부분 풀린 듯했다. 류지는 독방처럼 창문이 없는 당직실 침대에 누워 생각했다.

'수면이란 뇌가 요청하는 뇌를 위한 시간이다. 뇌는 전기신호로 정보를 처리하는 장기다. 컴퓨터를 며칠에 한 번씩 재부팅 하지 않으면 성능이 떨어지듯이 뇌도 마찬가지로 한 번씩 정지 직전까지 쉬게 하지 않으면 정보처리능력이 저하될 수밖에 없다. 나는 짧은 시간이었지만 깊은 잠을 잤다. 뇌의 처리능력이 완벽하게 회복된 덕분에 오늘 아침 내 몸이 가뿐해진 걸 거야.'

류지는 재빨리 몸을 일으키고 가운을 걸쳤다. 그리고 화장실에서 얼굴만 씻고서 곧바로 집중치료실로 갔다. 지난밤 목숨을 구한 아이가 살아 있다는 것을 당장 자기 눈으로 직접 확인하고 싶었기 때문이다.

아이는 아직 그 자리에 있었다. 겨우 몇 시간 전에 봤으니 당연한 얘기였다. 그럼에도 류지는 아이가 여전히 그곳에 있다는 사실에 안도했다. 그냥 쌔근쌔근 잠들어 있는 것처럼 보였다. 소변 색 농도도 적당해서 나쁘지 않았고 혈압도 안정되어 있다.

'이대로라면 오늘 아침에 관을 뺄 수 있을지도 모르겠다.'

관을 빼는 발관이란 입에서 기관으로 삽관된 튜브를 빼는 행위를 말하는데 그러려면 혈압과 호흡 상태가 안정적으로 유지되는 등 몇 가지 조건을 충족해야만 한다. 하지만 교통사고로 외상을 입어 긴급수술을 한 특수 상황에서 발관을 해도 되는지 판단하는 건 아직 류지에겐 무리였다.

일단 류지는 병동으로 가서 인턴이 해야 하는 일인 입원환자의 채혈을 했다. 이날은 2명밖에 되지 않아 수월했다. 그 후 외과 콘퍼런스에 참석했다.

*

깜깜한 회의실은 추위가 느껴질 정도로 냉방이 강하게 틀어져 있었다.

"다음은 어젯밤의 증례입니다."

사회를 맡은 이와이가 말했다. 류지가 PT(발표)를 시작했다. 프로젝터가 비추는 화면을 출석한 외과 의사들이 일제히 쳐다봤다.

"네. 증례는 5세 남아, 교통사고에 의한 다발성 중증외상환자로…….”

정리한 요약본에 따라 발표를 해나갔다. 이송된 다쿠마, 수술방에서 보았던 안쓰러울 정도의 큰 상처, 그리고 입에 삽입된 관…… 류지는 말하면서 자신의 감정이 흔들리는 것을 느꼈다. 하지만 발표장에서는 사사로운 감정을 드러내서는 안 된다. 치료대상자로서 객관적으로 바라볼 필요가 있기 때문이다. 그래서 사토의 말투를 떠올리며 최대한 책 읽는 것처럼 무뚝뚝하게 발표했다.

"어휴, 고생이 많았겠어."

발표가 끝나자 옆에 있던 스고 부장이 류지의 엉덩이를 툭툭 치며 말했다. 케이시Casey라 불리는 재킷 타입의 가운을 입은 스고의 배는 지금이라도 터질 듯이 불러 있었다. 류지는 그 모습이 꼭 중국 요릿집 사장 같다고 생각했다. 스고 부장은 머리가 하얗게 센데다 얼굴에 항상 웃음을 머금고 있어서 부드러운 인상이었다. 류지에게도 늘 친절하게 대해주었지만 이러니저러니 해도 외과 부장이다. 실은 엄청 무서운 사람이 아닐까…….

"상당히 드문 케이스인데 다행히 괜찮아 보이네. 그건 그렇고 부모님은 어떻게 됐어?"

'아차, 알아보지 않았다…….'

순간 당황하는 류지 옆에서 사토가 말했다.

"아빠는 다친 데가 없고요. 엄마는 쇄골 및 하지 골절로, 오늘 정형외과에서 긴급 수술할 예정입니다."

"그렇군. 운전자가 제일 경상일 경우가 많지, TA(교통사고) 정면충돌에선. 어쨌든 빨리 발관할 수 있었으면 좋겠구먼."

"네, 오늘 중으로 발관할 수 있을 것 같습니다."

사토가 말하자 부장은 자신의 큰 배를 손으로 통통 치면서 "그래? 뭐, 너무 서두르진 말고"라고 말하면서 미소 지었다.

"그럼 이것으로 마치겠습니다."

우르르 외과 의사들이 방을 나갔다. 이와이가 류지와 사토에게 말을 걸었다.

"그래서 좀 어때?"

류지가 대답하기도 전에 사토가 먼저 대답했다.

"네, 바이탈도 안정되어서 오늘 발관할 수 있을 것 같습니다."

"그래, 아까 부장님도 얘기했지만 신중하게 해. 췌장 문제도 있으니까."

"네."

이와이는 그렇게만 이야기하고는 방을 나갔다. 사토는 프로젝터를 정리하는 류지에게 "끝나면 집중치료실로 와"라고만 말하고 방을 나갔다.

류지가 ICU로 가니 이미 이와이와 사토가 다쿠마 침대 앞에서 얘기하고 있었다.

"안 되겠다."

"그러게요."

대체 뭐가 안 된다는 건지 류지는 도무지 알 수 없었지만 물어볼 수도 없었다. 하는 수 없이 심각한 표정으로 옆에 서 있기만 했다.

"발관 중지야."

사토가 류지에게 말했다.

"호흡 상태가 안 좋아, 심각해. 잘못하면 이번 판은 나가리인가~."
이와이는 혼잣말처럼 중얼거리며 ICU를 나갔다.
'나가리, 라니……. 무슨, 무슨 소리야.'
"장이 팽창해서 횡격막을 압박하고 있어. 그것 때문에 흉강이 압박되어 호흡을 방해하는 거지. 이대로라면 며칠간 발관은 어렵겠는데."
'그럴 수가…….'
류지는 한 대 얻어맞은 것처럼 멍하니 한참을 서 있었다.

*

류지가 병동에서 잡다한 처방과 수액 오더를 내리고 있는데 핸드폰이 울렸다. 사토에게서 걸려온 전화였다. 류지는 조금 긴장해서 통화버튼을 눌렀다.
"네, 아메노입니다."
"난데, 지금부터 아이 아버지한테 문테라 할 거니까 ICU로 와."
"네, 알겠습니다."
류지가 대답하자마자 전화는 끊겼다.
문테라.
이 단어를 류지는 의대에 입학하고 나서 처음으로 들었다. 의사가 환자나 그 가족에게 병의 상태를 설명하는 것을 뜻한다.
의대생 때 잡상식이 많은 친구가 "독일어 '문트 테라피'의 약자야. 문트는 입(口)의, 라는 뜻이고 테라피는 그 테라피지. 그러니까 입으로 하는 치료라는 의미인데 정작 독일에서는 이 말을 안 쓴다네"라고 했던 게 생각났다. 어떤 의사는 IC라고 말하기도 한다. 이는 Informed Consent 즉 '설명과 동의'의 약자다.

'의사에 따라서 사용하는 단어도 많이 다르구나. 빨리 익숙해져야지.'

사토는 성미가 급하니까 설명을 시작하기 직전에 전화한 것인지도 모른다. 류지는 잰걸음으로 ICU로 향했다.

ICU에 도착하자 상담실에 이미 이와이와 사토가 와 있었다.
"……의 느낌으로 설명하면 될 거야."
"알겠습니다."
이와이가 자리에서 일어나 방을 나갔다.
"그럼 내가 설명할 테니까 가족분들 모시고 와."
사토가 류지에게 지시했다.

류지는 ICU의 널찍한 공간을 가로질러 아이가 누워 있는 침대로 갔다. 침대 옆에는 아이 아버지가 걱정스러운 표정으로 철제의자에 앉아 있었다.
"안녕하세요. 저는 담당의 아메노입니다."

류지가 그렇게 말하자 아이 아버지는 의아한 표정을 지었다. 그 표정이 '왜 이렇게 젊은 사람이 아들의 담당 의사야?'라고 말하는 것 같아서 류지는 바로 "저쪽 방에서 다른 선생님께서 설명을 해주신다고 합니다"라고 덧붙였다.

왠지 변명하는 것 같은 기분이 들었다.

"네."

아이 아버지는 의자에서 천천히 일어섰다. 작은 체구였는데 며칠 동안 면도를 하지 못했는지 수염이 나 있었다.

아버지를 방으로 안내하고 간호사와 류지도 테이블에 앉자 총 4명의 인원이 모였다. 방 크기에 비해 비교적 큰 테이블이 가운데 있었고, 그 위에는 전자 차트와 모니터가 놓여있었다.

사토가 먼저 입을 열었다.

"안녕하세요. 담당의 사토입니다. 이쪽은 아메노입니다."

"……."

아버지는 아무 말 없이 고개를 숙였다.

"어제 간단하게 말씀드렸지만 오늘 새로 설명 드려야 할 일이 있어서 이렇게 모시게 되었습니다."

어제 벌써 설명이 있었구나. 내가 쓰러져 있는 동안 아버지는 어떤 말을 들었을까.

아버지는 시선을 아래로 떨어뜨리고 입을 다물고 있었다. 자세히 보니 아직 젊어서 20대 정도로 보였다. 하얀 폴로셔츠의 깃이 구겨져 있었다.

"다쿠마 어린이는 어제 구급차로 본원으로 실려 와 응급 수술을 받았습니다. 이유는 안전벨트로 복벽이 손상되면서 뱃속 장이 튀어나왔기 때문입니다."

사토가 계속해서 말했다.

"수술에서는 괴사된 장을 절제하여 재건하는 수술을 했습니다. 그리고 췌장이 손상된 것으로 보여 관을 뱃속에 넣었습니다. 복벽

근육이 끊어져 있었기 때문에 어렵게 복벽을 봉합해서 일단 수술을 마무리했습니다. 여기까지는 어제 말씀드린 내용입니다."

아버지는 작게 끄덕였다.

"수술이 끝나고 ICU로 보냈는데 입에 관을 삽관한 상태입니다. 지금은 약물로 재우고 있고 인공호흡기를 돌리고 있습니다."

인공호흡기를 돌린다, 라고 하는구나. 처음 듣는 표현이었다.

아이 아버지는 움직임이 없었다.

"솔직히 말씀드리면."

사토는 그렇게만 말하고는 잠시 틈을 두었다. 방은 조용했고 멀리서 모니터 알람 소리만이 들려왔다. 간호사는 가만히 있었다. 류지는 침 삼키는 것조차 어려웠다.

"상황이 별로 좋지 않습니다."

그 말을 듣는 순간 아버지는 움찔했다.

"배가 퉁퉁 부어서 가슴을 압박하고 있어 호흡이 잘 안 되고 있습니다. 게다가."

사토는 멈추지 않고 계속했다.

"사고로 여기저기 근육이 손상된 탓에 근육에서 유출된 물질이 신장에 부담을 주고 있습니다. 이대로 가면 신부전에 빠질 위험도 있습니다."

그렇게 말하고 사토는 한 템포 간격을 두고 말을 이었다.

"앞으로의 며칠이 고비가 될 것 같습니다."

'그렇구나…….'

아직 인턴에 불과한 류지는 데이터 하나하나의 정상 여부는 판별

할 수 있으나 이들을 종합해서 분석해내는 능력은 없었다. 다쿠마의 배가 팽창한 것과 호흡 문제를 연결 짓지 못했고 근육 손상과 신장도 연관시키지 못했다.

그러나 인체의 장기는 유기적으로 연결되어 있다. 심장과 폐는 연계하여 산소를 몸 구석구석으로 운반하고, 간이 체내에 들어온 독을 무해하게 만들면 신장은 이를 몸 밖으로 배출해낸다. 그리고 심장·폐와 간·신장은 다양한 호르몬으로 서로 영향을 주고받는다. 인체를 하나의 유기적 시스템으로 보는 능력은 의대에서의 시험공부만으로는 익힐 수 없는 것이다. 그렇기 때문에 수련의 생활을 하면서 이를 배우는 것이다.

아이 아버지는 작은 목소리로

"그렇군요"라고만 했다. 현실을 받아들이는 것만으로도 벅찬 듯했다. 그도 그럴 것이 아들과 아내가 수술을 받았고 아들은 생명에 지장이 있는 상태다. 무엇보다도 사고가 일어난 차의 운전자가 자신이었으니 견디기 어려울 수밖에 없을 것이다.

사토는 "질문 있으세요?"라고 물었다. 류지가 여태껏 들었던 중에 가장 상냥한 말투였다.

"아니요……, 아무쪼록……."

아버지는 그렇게 말하고는 갑자기 의자에서 벌떡 일어나더니 "아들을 꼭 살려주세요! 부탁입니다!"라고 90도 각도로 허리를 꺾으며 고개를 숙였다. 사토와 류지도 덩달아 일어나 머리를 숙였다.

간호사의 안내에 따라 아버지가 방을 나갔다. 사토는 평소의 모습으로 돌아와 "설명한 내용, 차트에 기록해"라고 말했다.

하지만 방을 나가기 전에 잠시 멈춰 서더니 이렇게 말했다.
"무슨 수를 써서라도 꼭 살려내자."
"네!"

*

도쿄 상업지구에 있는 병원에는 전날에 이어 계속 비가 내리고 있었다.
"좋은 아침~, 아직도 자고 있냐? 류 짱"이라고 하면서 같은 1년차 인턴인 가와무라 소가 의국으로 들어왔다. 가와무라는 늘 아침 일찍 출근한다. 류지가 이 소파에서 가와무라의 목소리를 들으며 깨는 것도 이번이 몇 번째인지. 어젯밤 늦게까지 일하고 의국으로 돌아와 소파에 잠깐 누웠다가 가운을 입은 채 그대로 잠이 든 모양이다. 아무리 몸을 일으키려 해도 관절이 여기저기 녹슨 것처럼 뻣뻣해서 좀처럼 힘을 주기가 어려웠다. 류지는 어쩔 수 없이 누운 채로 "응, 안녕"이라고만 했다.
"잉? 오늘 완전 얼굴이 부어 있네?"
가와무라가 류지 얼굴을 들여다봤다. 레몬 같은 좋은 향기가 류지의 코를 간질였다.
'도쿄 애들은 향수도 뿌리는구나.'
류지는 내심 놀랬으면서도 그 사실을 상대가 눈치챌까 봐 일부러 향수에 대해서는 질문하지 않았다. 가와무라는 교토에 있는 사립대학 의학부 출신이었다. 고생 같은 건 전혀 모르고 자란 것 같은 외모에 찰랑찰랑한 머릿결을 가졌고 웃으면 덧니가 보였다. 그 미소는 첫 만남 때부터 류지를 너무나 쉽게 무장해제 시켜버렸다. 류지는 가와무라를 볼 때마다 시골 출신인 자기가 얼마나 촌스러운지 깨달을 수밖에 없었다.

"어, 저번에 응급 환자가 왔는데 지금 ICU에 있어."

"아, 나 그 얘기 들었어. 젊다며?"

가와무라는 별로 관심이 없는 듯 가운을 갈아입으며 말했다.

"아니, 젊다기보단 어리지."

"어, 그래? 아, 오자마자 금방 죽은 사람 얘기 아니야?"

"지금 발관하기 위해서 열심히 투병 중이야."

"그래? 아, 죽은 건 다른 사람인가. 중태였다는데."

"그건 아마 다른 사람일 거야. 내가 맡은 환자는 트라우마(외상)거든."

"아, 그래~."

가와무라는 콧노래를 흥얼거리며 옷을 갈아입었다.

'말을 어떻게 저렇게 하냐. 죽은 사람이랑 착각하다니.'

류지는 그런 생각을 하면서도 아니야, 그 사람도 죽고 싶어서 죽은 건 아닐 테고, 무례한 건 오히려 나일지도 몰라, 라고 생각했다. 애초에 젊은 사람이 응급 외래로 왔다가 사망했다는 '인턴적 대사건'을 몰랐다는 관점에서 류지는 반성해야 했다. 다쿠마에 온통 정신이 팔려서 그랬나 보다.

류지는 무심결에 가와무라에게 다쿠마 얘기를 자세하게 말했다.

"고속도로에서 정면충돌했대. 복벽이 끊어져서 도착했을 땐 장이 보였어."

"으, 진짜? 그거 심각한 거 아니야? 수술해? 그럴 땐?"

"어, 응급 수술. 응급으로 수술방 가서 소장을 한 군데 잘랐는데 나머진 괜찮아 보였어. 췌장이 좀 좌멸되어 있긴 했는데 췌장관은 괜찮아 보여서 드레인 삽입했고."

"'삽입했다'니 류 짱은 그냥 보고만 있었던 거 아니야?" 가와무라가 웃었다.

"수술은 누구랑?"

"외과 이와이 선생님이랑 사토 선생님."

"아, 사토 선생님? 알아! 미인이잖아, 근데 기가 세 보여."

"어, 꽤 무서워. 카레도 제일 매운 걸로 먹어."

"그렇구나. 그래서 그 애는 어떻게 됐어?"

류지는 딴에 우스갯소리를 한 건데 가와무라는 반응하지 않았다.

"지금은 ICU에 있어. 배가 부어서 발관이 어렵대."

"그랬구나. 그래서 류 짱 맨날 여기서 자는구나. 아주 훌륭해."

"뭐, 훌륭한 건 아니고 그냥 집에 가기 귀찮아서."

그렇구나~, 라고 말하면서 가와무라는

"근데 너무 피곤하지 않아? 피곤해서 일의 효율이 떨어지면 말짱 도루묵이잖아."

"그건 그렇지만."

'아무리 그렇다 해도 아이가 중태인데 그래야 하는 거 아닌가.'

순간 류지가 욱한 걸 가와무라는 금방 눈치챈 듯했다.

"미안, 미안. 매일 여기서 자는 게 대견해서 그냥 해본 소리야. 난 그런 거 잘 못하잖아."

"아, 아니야, 미안해할 거 없어."

이번엔 미안해하는 가와무라를 보고 류지가 당황해서 손사래를 쳤다.

"근데 우리 말이야, 월급 30만 엔도 못 받잖아."

"그치."

"시급으로 환산하면 류 짱이나 나나 600엔 정도야."

"그런가. 그렇겠다."

"그래도 6년씩이나 공부하고 게다가 의사고시까지 합격했는데."

"그치."

가와무라는 가운으로 갈아입었다.

"저번에도 있었잖아, 인턴이 과로사했다는 뉴스."

"어, 이젠 놀랍지도 않아."

"류 짱 조심하라고, 진짜."

그렇게 말하면서 가와무라는 전자 차트의 키보드를 탁탁 치기 시작했다.

'과로사…… 내가? 설마.'

6시가 된 지 얼마 안 됐을 무렵일까. 창문을 통해 햇살이 들어왔다. 강력하면서도 무거운 빛이 방 안의 먼지를 통과하고 의국의 낡은 소파를 비추고 있었다. 이 방은 인턴 전용 방이어서 20개 정도의 책상이 있지만 그다지 넓지는 않았다. 류지는 이 아침 무렵의 의국을 좋아했다.

업무 준비가 끝났는지 가와무라가 방을 나가며 말했다.

"그렇게 너무 애쓰지 마, 어차피 '일'이잖아. 그나저나 다음에 류짱, 술자리 마련할 테니까 잘 부탁해. 미팅이야, 미팅."

"어……."

미팅을 거의 해본 적 없는 류지는 대답하기가 곤란했다. 의사가 되고 생전 처음으로 상경해 거의 매일 병원에서 잠을 자고 있는 류지에게 가와무라의 얘기는 늘 먼 나라 얘기처럼 들렸다. 도쿄와 가고시마, 어디서 나고 자라는지에 따라 이렇게까지 차이가 나는 걸까.

'아, 슬슬 채혈하러 가야지…….'

류지는 꾸깃꾸깃해진 가운을 걸치고서 힘껏 의국 문을 열었다.

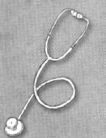

기초생활수급

병동에 갔더니 간호사인 요시카와가 류지에게 말을 걸어왔다. 요시카와는 그럭저럭 실력 있는 베테랑으로 평소 이것저것 류지가 하는 일에 조언을 해주었다. 20대 후반쯤 되었을까, 류지보다는 조금 나이가 많다고 했다. 눈에 띄는 미인은 아니지만 애교 있는 얼굴에 늘 미소를 띠고 있어 친절해 보이는 인상이었다.
 "아메노 선생님, 좋은 아침이에요. 오늘도 인턴이 채혈 담당인가요? 고생이 많으시네요."
 "아, 요시카와 씨 안녕하세요. 고생은요, 감사합니다."
 "그건 그렇고 오늘 입원하는 사람, 아메노 선생님이 주치의로 되어 있던데. 알고 계세요?"
 "네, 얘기는 들었어요. 90대 위암 환자분이시죠? 주치의라고 하니까 좀 걱정되는데요……."

"형식상 그런 거지 중요한 건 대부분 위의 선생님들이 디시전해 주시니까 괜찮을 거예요. 연세가 많으셔서 좀 힘들겠지만 파이팅하세요."

"감사합니다."

어떻게 보면 조금 오지랖이었지만 아직 인턴이라 내 편이 없다시피 한 류지로서는 그저 고마울 따름이었다.

너스콜이 울리자 채혈하다 힘들면 말씀하세요~, 라고 말하며 요시카와는 사라졌다.

류지는 채혈 준비를 끝내고 덜컹거리는 채혈용 카트를 밀면서 환자들의 침대를 돌아다녔다. 본래 채혈은 간호사의 업무지만 사토가 류지의 트레이닝을 위해 매일 아침마다 채혈을 하도록 지시한 터라 당분간은 류지 몫이었다.

"야마다 씨, 안녕하세요."

류지는 4인용 병실의 커튼을 젖히고 침대 옆으로 다가갔다. 환자는 아직 자고 있었다. 다시 한번 작은 목소리로 "야마다 씨"라고 부르며 어깨를 가볍게 흔들자 야마다는 큰 몸을 움찔하며 일어났다.

"뭐야, 갑자기. 왜 깨워, 인턴! 졸려 죽겠는데……."

"죄송합니다……."

담당 환자도 아닌 야마다에게 갑자기 '인턴'이라 불리자 류지는 당황했다.

'어떻게 내가 인턴인 걸 알았지? 그리고 갑자기 깨우지 말라니, 그럼 대체 언제 깨우란 말이야.'

류지는 머릿속에선 그런 생각이 들었지만 얼굴로는 내색하지 않으면서 "죄송해요. 오늘은 채혈검사 하는 날이라서요. 아침 일찍 죄송합니다"라고 거듭 사과했다.

야마다는 매우 기분 나쁘다는 듯이 파자마 소매를 걷어 올리고 왼팔을 내밀었다.

류지는 "죄송합니다. 그럼 묶을게요"라고 말하며 구혈대(정맥혈 채취시에 정맥을 노장(怒張)시키기 위해 사용하는 지름 약 8㎜, 길이 약 45㎝의 고무줄-옮긴이)라고 불리는 고무 튜브를 야마다의 겨드랑이와 가까운 팔 쪽에 감았다. 일회용 알코올 솜을 뜯자 휘발된 알코올 냄새가 아직 잠이 덜 깬 류지의 코끝을 찔렀다.

"잠깐만요."

야마다 팔에는 굵고 단단한 털이 가지런히 나 있었고 피부에는 탄력이 있었다. 다른 환자보다 피부가 젊다고 류지는 생각했다. 실제로 야마다는 아직 40대였다. 그러나 말기 췌장암 환자였다.

"손을 쥐었다 폈다 하세요."

그렇게 말하자 야마다는 정말 귀찮다는 듯 고개를 뒤로 돌리면서도 류지 말을 잘 따랐다.

"감사합니다, 그럼 시작할게요."

이런 환자는 무조건 정중히 대해야 한다. 마치 고급 레스토랑 직원이 된 것처럼, 롤스로이스 운전사가 된 것처럼. 화를 내게 하거나 불쾌하게 만들면 절대 안 된다.

류지는 야마다의 팔꿈치부터 손목까지의 안팎을 자세히 살폈다.

"채혈이 잘되는지 안 되는지는 찌르기 전 단계에서 90% 결정된다."

류지가 의대생일 때 그렇게 가르쳐 준 것은 얼굴색이 하얗고 뚱뚱한, 안경 낀 교수였다. 다른 교수나 학생들은 가르치는 것 말고는 능력이 없다며 그를 무시했지만 류지는 존경했다.

얼굴을 가까이 대고 오른손가락으로 누르며 혈관을 찾는다. 시간이 길어지면 구혈대에 묶인 팔이 저려서 아플 수 있다. 빨리 찾아야 하는데. 잠을 못 잔 탓인지 눈앞이 번쩍거려 류지는 눈을 한 번 꽉 감았다가 다시 떴다.

팔 정맥은 구혈대로 묶으면 바로 부풀기 때문에 평소 잘 안 보이더라도 금세 확인할 수 있다. 산맥 능선처럼 미세한 융기가 손등에서 팔꿈치까지 이어진다. 합쳐졌다가 다시 갈라지면서 복잡한 망을 이루며 최종적으로는 쇄골 밑에서 쇄골하정맥이라고 하는 엄지손가락만 한 굵기의 정맥이 되어 심장을 향해 환류한다. 마치 깊은 산속의 가는 물줄기가 모여 이윽고 대하를 이루고 바다로 흘러들어 가는 것처럼.

대하의 흐름 중간에는 사람들이 사는 마을이 있고, 시장이 있고, 수문이 있다. 마찬가지로 정맥의 흐름 중간에는 관절이 있고, 근육이 있고, 정맥판이 있다.

류지는 찌르기 쉬워 보이는 튼튼한 혈관을 팔꿈치 근처에서 찾아냈다. 탄력이 있고 굵기도 4mm 정도 돼 보였다. 탱탱하게 부어오른 게 꼭 소시지 같았다.

'이거다. 오늘은 내가 이겼어.'

"그럼 소독할게요."

꺼내놓은 알코올 솜으로 혈관 주위를 닦았다. 닦으면서 야마다가 눈치채지 못하게 코로 크게 숨을 내쉬었다.
　류지는 주사침을 꺼내어 "그럼 이제 주사 놓을게요"라고 말하고는 바로 찔렀다. 말하자마자 바로 찌르지 않으면 공포를 느끼는 시간이 길어져 통증이 강해진다는 게 류지의 생각이었다.
　사선으로 커팅된 바늘 끝이 피부를 뚫고 피하조직을 가른다. 바늘이 정맥벽을 뚫을 때의 '툭' 하는 감각은 아직 느끼지 못하지만 피가 역류하며 바늘 끝이 혈관에 들어간 느낌은 알 수 있었다. 검붉은 혈액이 통 안으로 콸콸 흘러들어온다. 류지는 그제야 힘을 뺄 수 있었다.
"아프잖아, 제대로 하고 있는 거야?"
"죄송해요, 잘 되고 있어요."
　류지는 꽤 뿌듯한 마음으로 구혈대를 푼 다음 바늘을 뺐다. 빼는 순간까지 방심해서는 안 된다. 왜냐하면 바늘이 들어간 순서와 역순 그대로 빼지 않으면 바늘 끝이 주변을 찌르면서 고통을 느낄 수 있기 때문이다.
"그럼 바늘 뺄게요."
　류지는 나직한 목소리로 말하며 쓰윽 바늘을 뺐다.
"테이프를 붙여놓을게요. 5분 정도 직접 꾹 누르고 계세요. 고생하셨습니다."
　주위를 정리하고 커튼을 열고 야마다의 침대를 나왔을 때 류지는 먹이라도 감은 것처럼 땀으로 흠뻑 젖어 있었다. 류지는 오른팔 소매로 얼굴과 목을 닦아냈다.
　그날 아침 류지는 모두 5명을 채혈했고 할 때마다 땀범벅이 되었다.

*

 채혈을 끝내고 류지는 아침 끼니를 사러 지하 1층 매점으로 갔다. 샌드위치를 살까 삼각 김밥을 살까 갈등하다가 결국 삼각 김밥을 하나 샀다. 사실은 샌드위치가 먹고 싶었지만 값이 삼각 김밥보다 두 배나 비쌌다. 류지에겐 돈이 없었다. 인턴 월급은 세후 20만 엔 정도인데 도쿄 월세가 너무 비싸, 월세를 제하고 나면 10만 엔도 채 되지 않았다. 게다가 한 권에 족히 5,000엔은 하는 비싼 의학서적을 여러 권 사야 했기 때문에 불필요한 지출은 가급적 피하고 싶었다.
 류지는 병동 스테이션으로 돌아와 방금 산 삼각 김밥을 한 입 베어 물었다. 그러고는 입을 오물거리며 컴퓨터 모니터로 담당환자를 살펴보았다.
 '아, 그러고 보니 오늘 새로 입원하는 환자 예습을 해놔야겠네.'
 그런 생각에 전자 차트를 클릭했다.
 94세 남성, 위암.
 외래 담당의사에 따른 진료차트에는 "위암 type2 T3N2M0 stage ⅢA 절제 가능?"이라고 쓰여 있었다. 절제 가능. 류지는 몸서리쳤다.
 '94세잖아. 수술이 가능해?'
 일본의 의사들은 대부분 일본 국내의 대학 의학부를 최소 6년에 걸쳐 졸업하고, 그 어렵다는 의사국가고시에 합격하고서 의사가 된 사람들이다. 하지만 그렇게 어려운 교육을 이수했어도 류지에겐 아직 이런 디시전을 내릴 능력이 없었다.

병동 컴퓨터로 환자의 전자 차트를 열심히 보고 있는데 어느새 병동 스테이션이 사람들로 꽉 찼다.

아침 외과병동은 정신이 없다. 야간근무를 한 간호사가 아침에 출근하는 간호사에게 인수인계하고, 수술할 환자를 수술방으로 이송하고, 수술 전 외과 의사가 입원환자를 회진하고 간호사에게 오더를 내리기 때문이다.

류지가 컴퓨터로 약을 처방하고 수액 오더를 입력하고 있는데 선배인 사토 레이가 더 윗선배인 외과 의사 이와이와 함께 나타났다.

"안녕하세요."

하지만 대답은 없었다.

"오늘 입원환자, 저녁 회의에서 PT(발표)해"라고 이와이가 말하자 사토가 "알겠습니다, 준비하겠습니다"라고 대답하고 전자 차트에다 엄청난 속도로 자판을 치기 시작했다.

"어이, 인턴. 열심히 하고 있어?"

이와이가 류지를 보고서 말을 걸어왔다.

이와이는 키가 180센티미터 이상이라 앞에 서 있으면 위압감에 주눅이 든다. 류지는 반사적으로 일어났다.

"아, 네! 감사합니다!"

"좋아. 오늘 입원하는 환자, 히스토리 테이킹해서 전자 차트에다 써 놓도록. 아, 그냥 네가 발표하면 되겠네! 그래, 그게 좋겠다!"

'히스토리 테이킹이 아마 병력이나 복용약에 관한 정보였지?'

그런 생각을 하며 류지가 "네!"라고 대답했다. 아직 류지는 이와이와 많이 얘기를 나눠본 적이 없어서 과연 자신의 이름을 알고 있는지도 확신할 수 없었다.

*

그날 수술이 끝난 오후 류지가 병동으로 돌아가는데 간호사인 요시카와와 우연히 마주쳤다.
"입원환자가 와 계세요."
"아, 그래요?"
류지가 다인용 병실에 있는 그 환자에게 가려고 하는데 요시카와가 "잠깐만요"라고 불러 세웠다.
"얘기 들으시려고요?"
"네, 히스토리 테이킹이요."
"그 환자분, 꽤 고령인데다가 치매 증상도 있어서 아마 말이 잘 안 통할 거예요. 고생 좀 하실 걸요. 요령은…"
"고맙습니다."
류지가 대충 인사하고 걷기 시작하자 요시카와가 류지의 소매를 붙잡았다.
"잠깐만. 아직 제 얘기 안 끝났다고요. 요령은 낮은 목소리로 천천히 얘기하는 거예요. 노인성 난청은 고음을 잘 못 알아들으니까요. 그리고 너무 큰 소리로 얘기할 필요 없고 귓가에 대고 얘기하시면 돼요."

이야기를 끝마치자 요시카와가 생긋 웃었다. 류지는 그 미소에 살짝 동요하면서도 "고맙습니다" 하고 고개를 숙였다.

'8호실'의 문패가 붙은 4인용 병실로 들어갔다. 그 환자의 침대는 창가에 있었다.

"안녕하세요."

류지가 커튼을 활짝 열었다. 아무 반응이 없었다. 노인은 이불을 뒤집어쓰고 있었다. 머리와 다리가 반대로 누워 있었는지 발치에 베개가 놓여 있었다. 초여름의 한낮 햇빛이 창문으로 들어오면서 이불의 절반을 비추고 있었다. 그 노인은 류지가 들어온 것을 알아차리고 눈을 뜨며 웃어 보였다.

"처음 뵙겠습니다. 인턴인 아메노 류지입니다."

꽤 큰 소리로 말했는데 잘 안 들리는 모양이었다.

"크네."

노인이 갑자기 그렇게 말해서

"네? 죄송하지만 크다는 게 무슨……?"

귓가에다 물어봤지만 대답이 없었다. 얼굴을 가까이 대자 지린내가 살짝 났다.

'독거노인이라서 위생에 별로 신경을 못 쓰셨나 보다…….'

이어서 "지금까지 어떤 병을 앓으셨나요?" "지금 뭐가 제일 힘드세요?" 등등 여러 질문을 해봤지만 "이건 크네"라거나 "근데 역시 크네"라는 대답밖에 듣지 못했다.

류지는 얻은 정보가 별로 없다고 생각하며 끝으로 "앞으로 잘 부탁드릴게요"라고 말했다. 그러자 그 환자가 갑자기 류지 눈을 빤히 쳐다보더니 두 손으로 류지 오른손을 꽉 잡았다.

  헤아릴 수 없을 만큼 수많은 주름 속에 파묻혀 있는 노인의 작은 눈동자를 보면서 류지는 언젠가 동물원에서 봤던 코끼리 눈이 생각났다. 10초 정도 그대로 가만히 있었을까. 뭐랄까 머릿속 생각을 훤히 들여다보고 있는 듯한 눈빛이었다. 류지는 자신이 그를 고령의 치매환자로 취급하고 있다는 사실을 노인에게 들킨 것만 같아서 얼른 손을 떼고 물러섰다.

  류지가 스테이션으로 돌아오자 요시카와가 있었다.

  "요시카와 씨, 완전 꽝이었어요."

  "그것 봐요. 그럼 제가 대충 들었던 정보, 알려드릴게요."

  요시카와는 지금까지의 병력과 복용하고 있는 약(이것은 '복약수첩'으로 파악했다고 함), 현재의 증상에 대해 말해줬다.

  놀랍게도 이 환자는 음식을 전혀 먹지 못하고 있었다. 부인과 6년 전 사별한 뒤로 지금까지 혼자 생활을 하고 있으며, 자식들과는 연락이 끊긴 지 오래되었다고 한다. 신변 처리는 스스로 해결하는 듯했다. 지린내로 추측하건대 분명 그다지 청결한 생활은 못하는 것이 분명했다.

  요시카와가 어떻게 그렇게 많은 정보를 얻어냈는지 류지로서는 도무지 알 수 없었으나 어쨌든 고맙게 생각하기로 했다. 저녁에 있을 콘퍼런스에서 노인에 대한 발표를 해야 했기 때문이다. 간호사란 정말 신기한 사람들이다.

*

오후 6시 반. 작은 회의실에 외과 의사 6명이 모여들었다. 배가 나온 스고 부장을 비롯해 넘버2, 넘버3인 외과 의사, 거구 이와이, 그 밑의 레지던트 사토, 그리고 류지였다. 깜깜한 실내의 스크린에다 프로젝터로 전자 차트의 화면을 크게 띄웠다. 스크린에 CT와 엑스레이, 내시경 사진 등을 순서에 따라 차례로 출력시키는 것이 인턴 류지의 임무였다. 콘퍼런스에서는 다음 주 수술이 예정된 환자 한 명 한 명의 화상을 외과 의사들 모두와 함께 보면서 치료방침과 술식(수술방법)을 결정한다.

콘퍼런스는 순조롭게 진행되었다.

"다음은 인턴 발표."

서서 진행을 보던 이와이가 말했다.

"네, 인턴 아메노, 발표하겠습니다. 환자는 94세 남성, 주된 증상은 경구섭취불량입니다. 현재까지의 병력인데요, 원래 6개월 전부터 잘 먹지 못했다고 합니다. 지난달부터 먹을 때마다 구토를 하기 시작해서, 이를 걱정한 요양보호사가 병원으로 모시고 와 진료를 받게 되었고 정밀검사 결과 위암으로 진단되었습니다."

미리 전자 차트에서 정리한 요약본 내용을 읽어 내려갔다. 긴장 탓에 목소리가 떨렸다.

"독거노인이야?"

이와이가 물었다.

"네, 혼자 생활 중이십니다."

묻는 즉시 류지가 대답했다.

"가족은 안 계셔? 기초생활수급자야?"

"네, 부인은 몇 년 전에 돌아가셨고 자식들과도 연락이 끊겼다고 합니다. 기초생활수급자입니다."

아무런 대답이 없었다. 윙 거리는 프로젝터의 냉각팬 소리만이 어두운 회의실을 가득 메웠다.

'계속해도 되는 건가……'

류지의 등에 끈적한 땀이 주르르 흘렀다. 아무도 어떤 말을 안 하니, 계속하라는 뜻이겠지.

"다음은 영상입니다."

그리고 바로 엑스레이를 클릭했다.

"흉부 엑스레이에서 늑연골 석회화가 보이고, 경도의 심비대가 관찰되었습니다. 복부 엑스레이에서는 위포의 확대가 보입니다. 그 외의 이상 소견은 없습니다."

누구 하나 말이 없었다. 미동조차 하지 않았다.

"이어서 내시경 소견입니다. 위 전정부에 거대한 종양이 관찰됩니다. 이어서 CT…"

"잠깐만. 그 종양, 육안형은? 심달도는?"

이와이가 중간에 말을 막았다.

"잠시만요. 육안형은 2형이고, 심달도는, 어…….."

류지는 어둠 속에서 요약본 종이를 뚫어져라 쳐다봤다.

"종이를 보면 어떡하나. 그 정도는 외워야지."

이와이가 짜증스럽게 말했다.

"네, 죄송합니다. 심달도는 T3입니다."

"T3입니다, 라니. 이 영상을 보면 그런 것쯤은 누구나 알 수 있어.

너만 빼고."

누군가가 하하, 하고 웃었다.

"네, 죄송합니다. 계속하겠습니다. CT는……."

류지는 진땀을 뺐다. 미리 내용을 암기해놓지 않았기 때문이다. 그렇다고 준비한 요약본을 또다시 볼 수도 없었다.

"CT인데요, 종양이 이 부분에서 관찰되고."

레이저 포인트로 스크린을 찍으며 휙 동그라미를 쳤다. 녹색광이 미세하게 떨리고 있었다.

"또한 림프절 종창이 관찰됩니다."

"그게 어디죠?"

사토가 물었다.

"어, 여기랑, 여기랑……."

"그 아래도겠지……. 이거야."

사토가 자신의 레이저 포인트로 찍으며 알려줬다.

"감사합니다. 모두 총 3개의 림프절 전이가 의심됩니다."

류지가 말을 멈출 때마다 회의실에는 무거운 정적이 흘렀다.

"그밖에 원격전이는 없습니다. 전신상태인데요, 인지기능 외에도……."

류지는 말하는 도중에 헛기침을 했다. 중간에 혀가 꼬여 말이 잘 안 나왔기 때문이다.

"원래부터 술을 좋아해서 과거에 알코올 중독을 앓았던 병력도 있습니다. 현재 고도의 알코올성 간경화가 있습니다. 그 외의 다른 문제는 없습니다. 치료방침으로는 수술을 생각하고 있습니다."

아무도 말이 없었다. 그저 침묵하며 모두가 이 환자의 위암 CT를 바라보고 있었다.

이와이가 갑자기 입을 열었다.

"독거노인에다 가족도 없는 기초생활수급자, 치매로 의사소통도 어려운, 게다가 간경화에 초고령환자입니다. 따라서 BSC를 생각 중입니다."

스고 부장이 그 말을 듣고 대답했다.

"그래, 어쩔 수 없지."

류지는 그 대화를 듣고 속으로 놀랐다.

'BSC(완화의료)라면 Best Support Care 아니야? 수술은커녕 암 치료는 손을 놓겠다고? 수술로 제거할 수 있는데?'

류지는 말을 하고 싶었지만 의사가 된 지 채 몇 달도 되지 않는 인턴 나부랭이가 그런 발언을 할 수 있을 리가 없다. 류지는 간절한 눈빛으로 사토를 봤다. 사토의 옆모습은 여전히 반듯했으나 표정은 매우 평온해서 찬성 여부를 떠나 관심도 없는 듯했다. 다른 외과 의사는 아무도 말이 없었다.

"다른 문제 되는 증례가 없다면 이것으로 콘퍼런스를 마치도록 하겠습니다."

이와이가 말하자 외과의들은 일제히 방을 나갔다.

혼자 남겨진 류지는 회의실 불을 켜고 프로젝터와 스크린을 정리하며 조금 전의 대화를 떠올리고 있었다.

BSC를 생각 중입니다.

그래, 어쩔 수 없지.

도대체 뭐가 어쩔 수 없다는 걸까. 94세라는 나이. 치매. 가족이 없다.

그러니까 그의 생존은 종료되어도 된다? 의료비가 전액 무료인 기초생활수급과 관련이 있는 걸까?

아니, 수술을 하면 몇 년은 더 살 수 있을 테고 적어도 입으로 밥을 먹을 수 있게는 될 것이다. 전혀 수를 쓰지 않는다면 얼마나 더 살 수 있을지 장담할 수 없다. 수술을 하는 게 옳은지, 안 하는 게 옳은지. 단지 수명을 연장하는 것만이 목적이라면 수술하는 게 맞다. 하지만 사회 전체로 본다면 어떨까. 수술을 해서 그의 생명이 연장될 경우 어떤 일이 발생할까. 사회 전체로 보면 부담만 증가할 뿐일까……

류지로서는 알 수 없었다. 마음만 답답해진 류지는 회의실 불을 끄고 문을 잠갔다.

*

의국으로 돌아가자 가와무라가 소파에 앉아 휴대폰을 만지작거리고 있었다. 이미 가운은 벗은 상태였다.

"어이, 수고했어."

"어, 고맙다."

류지가 힘없이 말하자 가와무라는 류지를 힐끗 쳐다보더니 다시 휴대폰으로 시선을 떨어뜨리면서 "피곤에 쩔은 모습, 보기 좋네~. 근데 완전 죽을상인데 무슨 일 있었어? 진짜 바빴나 보네"라고 하며 웃었다.

"실은 말이야."

류지가 말을 걸었으나 가와무라는 휴대폰에 집중하고 있어서 들리지 않은 듯했다.

"아니다, 관두자."

류지는 얘기를 관두려고 했다.

"뭔데, 뭔데. 아메 짱."

"아메 짱은 또 뭐야."

"류 짱 요즘 너무 우울해 보여서 별명을 바꿔보려고. 아메노니까 아메 짱. 좋잖아? 이게 더 귀엽고, 게다가 네 캐릭터에 딱이야. 류 짱은 뭔가 이종격투기 선수 같고 느낌이 너무 세."

"나야 상관없지만······."

"그래서 뭔 일인데?"

가와무라가 탁상에 휴대폰을 놓으며 류지의 눈을 쳐다봤다.

"실은 말이야."

류지는 방금 전에 있었던 콘퍼런스 이야기를 했다. 초고령인 위암 환자가 있는데 암 때문에 음식을 못 먹는 것. 암은 수술로 얼마든지 제거할 수 있는데 'BSC'로 가닥이 잡힌 것. 그에 대해 아무런 발언을 하지 못했던 것, 그리고 그 자리의 누구도 이의를 제기하지 않았던 것.

가와무라는 "그래~?" 또는 "진짜~?"와 같은 추임새를 넣으며 류지의 이야기를 듣고 있었다. 그는 류지의 이야기가 끝나자 잠시 생각에 잠기더니 이내 말을 시작했다.

"아메 짱, 그런데 말이지."

"어."

"그 사람, 수술은 못하겠는데? 나라도 수술은 안 하는 게 맞다고 봐."

"아…… 그래?"

뜻밖의 가와무라의 대답에 류지는 내심 놀랐지만 당황하지 않은 척했다.

"그치. 90까지 사셨는데 충분히 오래 사신 거 아닌가. 게다가 수술은 위험할 수도 있고. 간경화까지 있다며."

"……"

"그런 상황에서 외과 의사가 위험을 감수하면서 수술을 한다면 담당 의사는 밤에 술 한잔하러 가기도 힘들걸. 게다가 가족도 안 계시고, 본인도 치매라서 잘 모른다며. 수술 안 한다고 뭐라 할 사람도 없고."

"밤에 술 마시러 가는 게 무슨 상관이야."

"상관없긴, 당연히 상관이 있지. 우리가 뭘 위해서 일하고 있는 건데?"

"당연히 환자들을 위해서지."

"하하하, 아메 짱 진짜 재밌는 인간이네~! 환자들을 위해서 일한다고? 너무 웃기다 그거!"

정말 웃겨죽겠다는 듯이 가와무라가 말했다.

"뭐가 웃겨? 난 진심으로 그렇게 생각해. 아무도 뭐라 할 사람이 없으면 그 사람은 죽어도 괜찮다는 거야? 그건 잘못된 생각이야."

"잘못되지 않았어. 오히려 네 생각이 너무 한쪽으로 치우쳤다고 봐. 미안한 얘기지만 그 사람을 살려낸다고 뭐가 바뀌는 게 있어? 반대로 죽는다 쳐도 의료비가 조금 절감되기밖에 더하냐? 게다가 기초생활수급자라며."

"맞아, 기생수."

"그럼 입원비랑 수술비 몇십만 엔을 세금으로 부담하면서까지 치료한다?"

"그러려고 존재하는 제도 아니야? 그런 잣대로 인간의 생사를 판단해서는 안 된다고 봐."

"그럼 어떤 잣대로 판단할 건데, 아메 짱은."

"그거야……."

류지는 말문이 막혔다. 잠시 침묵이 흐른 뒤 가와무라가 말했다.

"진지하게 말하면 말이야, 술자리 이런 건 차치하고서라도 그 사람은 수술대상이 아니야."

"……."

"수술로 연명시키는 이상 당연히 본인과 가족이 행복해져야 하는 거 아닌가?"

행복…….

가와무라의 입에서 의외의 단어가 나와서 류지는 놀랐다.

"행복이라."

"어, 행복. 그 사람을 수술하면 누가 행복해지는데? 본인이?"

"아…… 행복해지겠지, 아마도……."

"그럴까? 그 사람 치매라며. 대화도 안 통하는데 본인이 행복한지 아닌지 스스로 알 수 있을까?"

"…… 하지만 죽는 것보단 살아 있는 게 더 행복…… 하지 않을까……?"

"난 그렇지 않다고 생각해, 본인 생각은 어떨지 모르겠지만. 그 사람 주변에 가족이나 친구는 있대?"

"아니, 가족은 없어…… 아마 어딘가에 있을지도 모르겠지만 지금은 연락되는 사람이 하나도 없어. 본인이 젊었을 때 알코올 중독으로 가족들을 엄청 고생시켰나 봐. 자식들도 연을 다 끊었다고 하더라고."

"그렇군. 그럼 주변 사람도 행복해질 가능성은."

가와무라는 이렇게 말하고는

"희박하겠다"라고 덧붙였다.

"…… 그런가."

류지는 뭔가 찜찜함을 느끼면서도 가와무라에게 설득당하고 말았다. 웬일로 가와무라의 표정이 진지했다.

"그러니까 수술은 안 하는 게 맞아."

"응…… 뭐…… 그렇긴 하지…… 그치만……."

류지는 말끝을 흐렸다.

"무슨 말이 그래?"

가와무라가 갑자기 소파에서 일어났다.

"하고 싶은 말이 있으면 끝까지 해. 안 그러면 아무도 몰라줘."

"그럼 얘기하겠는데, 내가 왜 이렇게 납득하기 힘든지 그 이유를 생각해봤어. 그랬더니."

류지는 한 템포 간격을 두고 이어서 말했다.

"외과 선생님들, 그니까 윗분들은 그 사람을 수술할 수 있잖아."

"그건 기술적으로 그렇단 얘기지?"

"그치. 나는 할 수 없지만 윗분들은 충분히 가능해. 근데 지금 위암 환자가 있어. 그 사람은 암 덩어리 때문에 위가 막혀서 뭘 먹을 수가 없어."

"응."

"하지만 수술을 하면 위암이 치료될 가능성도 있고, 음식도 먹을 수 있게 돼. 물론 수술에 따른 위험부담도 있지만."

"뭐, 그렇지."

"그런 '수술'이라는 무기가 있고, 눈앞에 그 무기를 쓰면 좋아지는 사람이 있어. 그런데 그 무기를 안 쓴다는 게, 그게 옳은 일이야? 그게 정의로울까?"

"정의라……. 또 어려운 단어를 쓰시는구만. 아메 짱."

류지가 머리를 긁적이며 말했다.

"예를 들어볼게. 만약 그 사람이 스무 살 더 젊어서 74세라고 해보자. 그럼 수술을 하겠지?"

"그치. 그러겠지."

"나이만 가지고 수술을 하지 않는다는 게, 난…… 그게 좀 마음에 안 들어."

류지는 말하면서도 스스로 뭔가 말이 이상하다는 생각이 들었다. 이건 단지 감성 팔이에 불과한 거 아닌가.

"아메 짱이 무슨 말을 하고 싶은지는 대충 알겠어."

가와무라가 거들어주는 것 같아서 류지는 조금 안도했다.

"하지만 인간의 수명은 아무리 길어봤자 100세를 조금 넘길 뿐이야. 그 사람은 94세까지 살았으니 그 정도면 충분하지 않을까 싶은데. 10대에 죽는 사람도 있어. 스무 살도 못 사는 사람이 수두룩해. 우리는 그런 이들을 많이 봐왔지, 안 그래?"

"그치…… 좀 더 생각해봐야겠다."

그렇게만 말하고 류지는 가운을 움켜쥐고 의국을 나왔다.

*

의국을 나오자 자연스럽게 류지의 발걸음이 ICU로 향했다. 시곗바늘은 10시가 좀 넘어간 시각을 가리키고 있었다. 일반병동은 이미 소등시간이 지났지만 ICU는 24시간 불이 켜져 있다. 그래서 심야에도 언제든 편하게 갈 수 있었다.

ICU의 이중문이 열리자 류지는 불빛에 눈이 부셔 가늘게 떴다. 오는 길이 어두웠기 때문에 눈이 금방 적응하지 못했다. 류지는 눈을 가늘게 뜬 채 다쿠마 침대로 다가갔다.

작디작은 다쿠마가 조용히 침대에서 잠자고 있었다.

입에는 여전히 새끼손가락 굵기 정도의 튜브가 물려 있고 흰 테이프로 고정되어 있었다. 푸쉬, 푸쉬, 하는 인공호흡기 소리에 맞추어 작은 가슴이 살짝 들렸다 내려갔다 한다. 양팔은 하얀 붕대처럼 생긴 것으로 감겨 있고, 그 틈에서 나온 수액관이 수액백에 연결되어 있다.

침대 가드에는 소변을 담는 백과 드레인이라 불리는 뱃속의 액체를 빨아내는 관이 연결된 백이 걸려 있다. 백은 둘 다 투명해서 내용물이 다 보인다. 지금은 모두 황색으로 그리 탁하진 않다. 사토가 색이 탁해지면 요주의 상태라고 해서 류지는 하루 3번 꼭 이렇게 점검을 하러 온다.

관에서 나오는 액체의 색을 관찰하는 일이라니 지금 같은 시대에 참 아날로그스럽다고 생각했지만 지시받은 일을 100% 해내는 것이 지금 할 수 있는 최선이 아닐까. 류지는 자신이 할 수 있는 게 이것밖에 없다는 사실이 안타깝고 한심했다. 그래도 지금은 그 일에 최선을 다해야 한다고 거듭 마음을 다잡았다. 그래야만 마음속에 스멀스멀 올라오는 무력감을 떨쳐낼 수 있었다.

모니터는 침대 머리 쪽에 있었다. 모니터에는 심전도와 호흡 그리고 동맥압의 각 파형이 나타나며, 혈압 등의 5가지 수치가 수시로 표시되었다. 이 수치와 파형은 모두 다쿠마가 살아 있다는 증표였다. 파형과 수치는 1초마다 변동된다.

류지는 다쿠마의 침대 옆에 서서 한동안 모니터를 지켜봤다.

'심박수가 떨어졌네…… 혈압도 올라갔고, 아마 좋아지고 있다는 뜻이겠지.'

그런 생각이 들자 류지도 조금 안심이 되었다. 솔직히 아직은 각 수치의 의미도 잘 몰랐다. 하지만 아까 얼핏 본 다쿠마의 전자 차트에도 사토 선배가 적은 '개선되고 있음' '내일 발관 가능할 것으로 보임'이라는 문구가 있었다.

'내일 발관하면 꽤 큰 진전이지.'

류지는 다가가서 다쿠마의 얼굴을 봤다. 검고 긴 속눈썹이 촉촉이 젖어서 반짝 빛나고 있다. 이마에는 땀이 송골송골 맺혀서 솜털이 이마에 딱 달라붙어 있었다. 닦아주려고 류지가 손을 뻗자 "수고하십니다, 선생님"이라고 뒤에서 누가 말을 걸어왔다. 이름은 모르지만 담당 간호사인 듯했다. 꽤나 집중했었는지 류지는 간호사가 다가오는 것도 모르고 있었다. 류지보다 나이가 많아 보이는 간호사는 싱긋 웃으면서 "선생님, 이거"라며 알코올 소독제를 류지에게 건넸다. 손을 소독하란 의미인 것 같았다.

"아, 고맙습니다."

류지가 손을 뻗자 그 간호사는 소독제를 두어 번 펌핑해서 류지 손에 거품을 얹어주었다.

류지는 그 알코올을 손에 비비며 "제가 깜빡했네요, 죄송합니다"라고 사과했다.

"심박수가 떨어지면서 조금씩 몸을 움직일 수 있게 되었어요. 소변도 옅어졌구요. 잘하면 내일 빼겠네요"라고 그 간호사가 말했다.

'내일 뺀다는 건 발관할 수 있을 거란 얘기겠지.'

"그러게요."

그 간호사가 류지보다 ICU에 대한 지식과 경험이 훨씬 풍부할 게 자명했지만 류지는 그냥 아는 척을 했다.

"그럼 저는 다른 환자를 보고 있을게요."

그렇게 말하며 간호사가 사라지자 류지는 잠시 고민했다. 혹시 나 때문에 일부러 딴 데로 가는 건가. 에이, 모르겠다.

다시 한번 류지는 다쿠마의 얼굴을 들여다봤다. 작은 얼굴이 조금

부어 있었지만 혈색은 조금 돌아온 듯했다. 구급차에서 봤을 때와는 천지차이였다. 확실히 온몸에서 생명의 기운이 살아나고 있었다. 어떻게 표현해야 할지 모르겠지만 수술이 끝났을 때의 다쿠마와도 달랐다. 뭔가 잘 될 것 같은 느낌이 들었다. 그렇게 기도하는 마음으로 류지는 다쿠마를 바라봤다.
 '꼭 이겨내. 물론 너무 힘들겠지만 꼭 이겨냈으면 좋겠어. 나도 최선을 다해 옆에서 돌봐줄 테니까.'
 류지는 어느새 자신의 형을 다쿠마에게 투사하고 있었다. 옛날 어릴 적. 먼 기억 속의 형의 모습. 어떻게 생겼는지, 얼굴조차 잘 떠오르지 않는다. 류지는 기억의 파편들을 끌어모으고 모자란 조각은 다쿠마에게서 빌려 형의 모습을 만들어냈다.
 ICU를 나오자 심야 병동은 인기척 하나 없이 쥐 죽은 듯 고요했다.
 의국으로 돌아오니 불은 켜져 있었지만 모두 다 집에 갔는지 아무도 없었다. 째깍, 째깍, 째깍. 오직 테이블 위에 놓인 시계 초침 소리만 들려왔다. …… 흔들림 없이 규칙적으로 울리는 그 리듬이 팽팽히 긴장되었던 류지의 마음을 풀어주었다. 류지는 잠시 그대로 앉은 채 시계를 바라보고 있었다.

 그러나 다음 날. 다쿠마의 발관은 연기되었다. 다시 호흡상태가 나빠졌기 때문이다.
 그 이후로 며칠간 다쿠마의 저공비행 상태가 지속되었다.

*

그날은 아침부터 바빴다. 아침 병동에서 사토를 만났을 때 다쿠마 얘기가 나오자 "오늘 발관할 수 있을 것 같아"라는 말을 들었는데 그마저도 까먹을 정도로 정신이 없었다. 맞다, 내가 없는 사이에 벌써 발관한 거 아니야……? 다쿠마 생각이 나자마자 류지는 바삐 발걸음을 ICU로 옮겼다.

ICU에 도착하니 역시나 사토는 이미 와 있었다. 때마침 발관 준비를 하고 있었다. 자칫 놓칠 뻔했다.

'좀 불러주면 안 되나…….'

인턴은 늘 이런 취급을 당한다. 넌 아직 쓸모가 없어, 라고 대놓고 얘기하는 느낌이다. 물론 인턴이 아직 쓸모없다는 건 나도 잘 알지만 이런 식으로 존재 자체를 무시당할 때가 연장근무보다 정신적으로 더 힘들었다.

"왜 이렇게 늦니. 발관 시작한다."

사토가 담담하게 말했다. 이미 준비는 끝나 있었다. ICU 간호사 두 명이 붙었다. 소년이 손발을 휘저어서 간호사들이 붙잡고 있었다. 다쿠마는 완전히 의식이 돌아온 듯했다.

"죄송합니다."

류지는 서둘러 마스크와 글러브를 꼈다. 그리고 감염방지를 위한 일회용 비닐 앞치마를 두르며 침상 옆으로 갔다.

"좋아, 그럼 선생이 관을 빼. 나는 흡인할 테니까. 해본 적 있어?"

"아니요, 처음입니다."

"소아는 처음이란 거야?"

"아니요, 어른도 해본 적 없어요."

"그래? 알았어. 튜브는 직선이 아니거든. 살짝 곡선으로 되어 있으니까 이 커브를 따라서 무리하게 힘주지 말고 그냥 쓱 빼기만 하면 돼. 걸리는 부분이 있으면 절대 힘줘서 빼지 마. OK?"

"네."

평소보다 훨씬 설명이 자세했다. 날 안 부른 게 좀 미안해서 그러시나?

"그럼 커프(cuff. 혈압계 밴드-옮긴이) 바람 빼줘."

사토가 간호사에게 말했다.

"좋아, 지금 빼."

류지는 튜브를 뺐다. 도중에 울퉁불퉁 느낌은 있었지만 걸리는 정도의 느낌은 아니었다. 관이 빠지자 다쿠마가 콜록 기침을 해댔다. 보기에 안쓰러울 정도로 허약한 기침이었다. 곧바로 산소 호흡기를 부착했다.

사토가 다쿠마의 가슴에다 소아용 청진기를 대며 소리를 듣기 시작했다.

"좋아, 좋아. 문제없어."

"으~응."

류지는 처음으로 다쿠마의 목소리를 들었다. 구급차로 실려 왔을 때 신음 소리를 들었을 테지만 그땐 너무 정신이 없어서 생각이 안 난다.

"괜찮니?"

사토가 큰 목소리로 다쿠마에게 물었다.

"어디 불편한 데 없어?"

다쿠마는 눈을 껌벅껌벅하더니 이내 눈에 초점이 돌아왔다. 그러고는 "네"라고 대답하며 고개를 끄덕였다.

류지는 그제야 한숨을 놓았다. 정말 오랜만에 마음속 깊이 안도감을 느꼈다.

침상 옆에는 조금 전 사토가 썼던 소아용 청진기가 놓여 있었다. 그게 눈에 들어오자 류지는 가슴이 답답해지며 몸에서 힘이 빠져나가는 느낌이 들었다. 정신이 아득해진다.

'안 돼. 집중하라고. 단지 관을 뺐을 뿐이잖아.'

이렇게나 작은 아이인데 얼마나 고통스러울까……. 난 지금까지 살아오면서 이렇게 고통스러웠던 적이 있었던가?

콜록콜록 힘없는 기침을 연신 해대는 다쿠마를 보면서 류지의 마음은 더욱 아려왔다. 형은, 그때 형은 이보다 더 괴로웠을까?

"아메노, 왜 그래?"

사토가 물었다. 어느새 류지의 손이 멈춰있었다.

"아, 죄송해요. 아무것도 아닙니다."

"그래? 그럼 한동안 호흡 상태를 지켜봐. 언제가 가장 위험하지?"

"네? 위험이요?"

사토가 무슨 질문을 하는 건지 류지는 도무지 알아들을 수 없었다.

"어, 재삽관 리스크가 가장 큰 시간 말이야."

"어어…… 그건…….."

어디서 공부했던 것 같은데 그게 언제였더라. 의대 실습시간이었나…….

"아마 6시간 뒤였던 거 같은데요."

"무슨 대답이 그래?! 사람 목숨이 달려 있는 거 몰라?"

'사람 목숨.'

"죄송합니다."

"아무튼 발관한 거 전자 차트에 써놔. 그리고 엑스레이 부르고, 또 하나 30분 뒤 가스분석(동맥혈 채혈)도 오더 해놔. 난 지금부터 수술 들어가니까, 결과 보다가 이상한 게 있으면 수술방으로 바로 연락해."

"알겠습니다, 죄송합니다."

류지는 침대 옆을 떠나 전자 차트 앞에 앉았다. 그리고 화면을 보며 탁탁 키보드를 쳐내려 갔다. 하지만 금세 눈물로 화면이 얼룩져서 일 처리는 자꾸 더뎌지기만 했다.

*

"그럼 아메노 선생님, 다쿠마 어린이를 일반병동으로 옮기겠습니다. 가시죠."

ICU 간호사가 류지에게 말을 걸었다. PC를 보며 차트를 쓰고 오더를 내리던 류지는 "아, 알겠습니다"라고 대답하고 다쿠마의 침대 옆으로 갔다.

발관하고 나서 류지는 수술방과 ICU를 몇 번씩이나 왔다 갔다 했다. 수술 견학 중간에도 다쿠마의 상태를 틈틈이 살펴보기 위해서였다. 채혈검사 수치를 비롯해 약간이라도 상태에 변화가 보이면 수술 중인 사토에게 낱낱이 보고하고 사토의 지시를 받았다. 상황을 보고하고 전달하는 역할을 했을 뿐이지만 이리저리 바삐 뛰어다니는 게 이젠 외과 의사로서 제 몫을 제대로 다해내고 있는 것 같아서 내심 뿌듯했다.

다행히 다쿠마는 발관 후 호흡과 혈압이 모두 안정적이었다. 그래서 다른 과의 중증환자가 ICU로 들어오게 되면서 '밀어내기' 형식으로 일반병동으로 옮기게 되었다.

이 병원에는 ICU 환자를 일반병동으로 옮길 때 반드시 의사가 동행해야 한다는 규칙이 있다. 류지는 그 이유가 늘 궁금했다. 만약 의학적으로 의사가 동행하는 게 안전하기 때문이라면 의사가 된 지 얼마 되지 않은 나 같은 햇병아리 인턴을 붙이는 게 과연 의미가 있을까. 결국 인턴 인력을 '침대이송요원'으로 활용하겠다는 거겠지. 류지는 그렇게 받아들이고 있었다.

'침대이송'이라 하면 말은 쉬워 보이지만, 환자가 누워 있는 침대를 조심스럽게 밀어서 병원 안을 이동하는 것인 만큼 꽤나 힘든 일이었다. 이것도 나름의 기술이 필요했다. 아직 침대를 미는 데 능숙하지 못한 류지는 침대를 이리저리 벽에다 쿵쿵 박곤 했다. 과연 이 날도 침대 돌리는 방향을 틀리고 말았다.

'침대 미는 것도 제대로 못 하냐.'

그런 생각이 들자 류지는 자괴감이 들었다.

다쿠마는 일단 일반병동에서 스테이션 바로 앞에 있는 4인실로 들어갔다. 이곳은 간호사나 다른 스텝들의 눈에 띄기 쉬워서 중증 환자나 치매 등으로 돌발 행동을 하기 쉬운 '요주의 환자'들에게 배정된다. 이 병원에서는 '리커버리실'이라고 부르고 있는데, 병원에 따라서는 '회복실' '중증환자실' 등으로 불리기도 한다.

입원실 앞에서 다쿠마의 아빠가 기다리고 있었다. 류지가 가볍게 목례했다. 아이 아빠를 본 것은 증상을 설명한 날 이후로 처음이었다. 그때보다 더 핼쑥해지고 수염이 자라 있었다.

침대를 제자리에 놓은 뒤 류지는 다쿠마를 봤다. 산소호흡기를 낀 채 눈을 감고 있었다. 기운이 없어 보였지만 표정은 온화했고 식은땀도 흘리지 않았다. 가끔 손발을 움직이는 모습에 류지는 더욱 안심했다.

'이젠 괜찮겠다.'

류지는 좀 더 다쿠마를 지켜보고 싶었다. 그런데 간호사 5명이 들어와 모니터를 켜고 옷을 갈아입히는 등 분위기가 어수선해지자 류지는 그대로 리커버리실을 나왔다.

"선생님!"

갑자기 다쿠마 아빠가 류지를 불러 세웠다.

"네?"

화들짝 놀라는 바람에 류지는 뒤집힌 목소리로 대답했다.

"다쿠마는 어떤가요?"

아빠가 심각한 표정으로 류지에게 물었다. 그 순간 '원칙상으로는 증상에 대한 설명은 사토나 이와이 선생님이 하는 건데. 내가 혼자 해도 되나?'라는 생각이 들었다.

하지만 간절한 아빠의 눈을 보니 뭔가 꼭 얘기를 해줘야만 할 것 같았다.

"네, 오늘 아침에 튜브를 뺐습니다. 그 뒤로 상태가 안정적이어서 일반병동으로 옮기게 되었습니다."

'사실 밀려난 거기도 하지만…….'

"그래요?"

아빠는 류지의 말을 듣자마자 눈을 질끈 감고서 크게 한숨을 내쉬더니 "이제야 마음이 놓이네요. 정말, 정말 너무너무 감사합니다"라고 말하며 류지를 향해 깊이 고개를 숙여 감사했다. 지난번과 마찬가지로 허리가 거의 90도로 꺾일 정도였다.

'아니, 아니에요…… 난 한 일이 아무것도 없는데…… 그리고 아직 무슨 일이 일어날지도 잘 모르는데…….'

"아, 아닙니다."

류지는 아리송하게 대답하고서 그 자리를 뜨려고 했다. 그런데 아빠가 "선생님, 지금 잠깐 시간 괜찮으세요?"라며 류지를 붙잡았다.

'어쩌지. 나랑 얘기하자고?'

류지는 속으로 당황하면서도 "아, 네"라고 대답했다.

'큰일 났네……. 윗선생님들도 안 계신데 내가 어떻게 설명해…….'

지금은 사토도 이와이도 수술방에 들어가 아무도 없었다.

"저, 그럼 저쪽 방으로 들어가시죠."

류지는 어쩔 수 없이 선배 의사들이 하는 것처럼 설명을 위한 상담실로 아빠를 안내했다. 방에 들어가 의자에 앉자마자 아빠는 이야기를 시작했다.

"선생님. 우리 애는 앞으로 어떻게 되나요?"

아빠의 기세에 압도되어 류지는 저도 모르게 살짝 뒤로 등을 젖혔다.

"어떻게, 라."

일단 질문을 되뇌면서 류지는 머릿속으로 어떻게 대답할지를 생각했다.

"수술이 끝나고 며칠 지난 오늘에서야 겨우 발관을 할 수 있었습니다."

"네."

그래서요? 아빠가 눈빛으로 묻고 있었다.

"앞으로 서서히 회복되겠지만 생각 외로 회복이 더딜 수도 있습니다."

도대체 무슨 말을 하고 있는지 스스로도 헷갈렸지만 류지는 말을 이어갔다.

"앞으로……."

류지는 시간을 벌면서 열심히 머리를 쥐어짰다.

'아아…… 앞으로 어떻게 되는 거지…….'

"저는 지금까지 매일 병원에서 잠을 잤습니다. 앞으로도 다쿠마 군이 완쾌될 때까지 계속 병원에서 지낼 생각입니다!"

'내가 지금 무슨 소리를 하고 있는 거지? 설명이 전혀 안 되고 있잖아. 게다가 멋대로 약속까지 해버리면 어떡하냐…….'

그러자 아빠는 "선생님……. 저도 선생님께서 우리 아이를 정말 자주 보러 와주신다는 거 잘 알고 있습니다. 선생님, 제발 살려주세요!"라고 말하며 탁자에 이마가 닿을 만큼 고개를 숙였다.

"아, 네!"

'이미 알고 계셨구나. 그래도 뭔가 찜찜하네…….'

"사실 애 엄마는."

평정심을 되찾은 목소리로 아빠가 말했다.

"선생님께서도 아시다시피 애 엄마는 다리 골절과 타박상이 심해서 수술하고 나서도 통증 때문에 침대에서 일어나지 못하고 있습니다."

"네."

그렇게 대답하면서도 류지는 속으로 놀라고 있었다.

'아, 그랬었구나……. 차트 점검을 잊고 있었네.'

"그래서 애 엄마는 아직 아이를 못 봤어요……."

그렇게 말하고는 고개를 숙였다.

"부끄러운 얘기지만 저는 평소에 아들이랑 잘 안 놀아줬거든요……. 그래서 제가 간병을 해줘 봤자 아들은 별로 안 좋아할 것 같아요……."

류지는 무슨 말을 어떻게 해야 할지 잘 몰라서 그냥 가만히 있었다. 일이 바빠서 아들이랑 같이 보낼 시간이 없었던 걸까.

"하지만 지금은 휴가를 좀 길게 얻었어요. 앞으로는 아들이랑 애 엄마한테 매일 와볼 생각입니다."

"네, 알겠습니다. 힘내세요. 저도 최선을 다하겠습니다" 하면서 류지는 "자세한 설명은 나중에 선생님들께서 또 해주실 겁니다"라는 말을 덧붙이고 그 방을 나왔다.

아빠는 류지가 방을 나갈 때에도 "선생님, 감사합니다! 잘 부탁드립니다!"라며 깊이 머리를 숙이고 인사했다. 그 모습에 류지는 몸 둘 바를 몰라 도망치듯 그 방을 뛰쳐나왔다.

'난 한 일이 아무것도 없는데. 이렇게 감사 인사를 받을 자격이 전혀 없는데…….'

그런 생각이 들자 류지는 마음이 불편해졌다. 무엇보다 자신이 아직 그런 감사의 말을 들을 만한 일을 해내지 못했다는 사실이 답답했다. 하루라도 빨리, 빨리, 빨리. 의사로서 성장해야만 한다.

아빠(충수염)

해 질 녘이 되자 서쪽 해가 병원 전체를 비추었다. 창문으로 들어온 석양은 병실과 가운을 온통 오렌지빛으로 물들였다.

삐리리리 삐리리리.

가슴주머니 속 핸드폰이 울렸다. 병동에서 차트를 작성하고 있던 류지는 핸드폰을 꺼내서 번호를 확인했다. 잘 모르는 번호였다.

"네, 아메노입니다"라고 대답하자 "선생님, 여기 응급 외래입니다. 오늘 당직이시죠. 아직 5시 반인데 죄송하지만 벌써 환자가 오셔서요. 지금 오실 수 있나 해서 연락드렸어요."

'아차, 오늘 당직이었구나.'

"아, 네. 바로 내려가겠습니다!"

류지는 그날이 응급 외래 당직이라는 것을 까맣게 잊고 있었다.

응급 외래는 병원 1층에 있었다. 한 칸씩 계단을 건너뛰어 내려가는 동안 점차 긴장이 더해졌다. 응급 외래에 도착하니 전화와 모니터가 시끄럽게 울리고 있었고 간호사와 의사가 이리저리 바쁘게 움직이고 있었다. 환자들은 갈색 긴 의자에 앉아 있었다.

'스텝용'이라고 쓰인 방문을 열면 응급 외래의 외래진료실 뒤편이 나온다. 부스는 A, B, C의 3개가 있는데 부스 뒤쪽은 모두 하나로 연결되어 있다.

C, B를 지나 부스 A로 들어가자 선배 사토 레이가 있었다. 아담한 체격의 그녀는 감색 수술복 위에 흰 가운을 걸치고 있었는데, 검고 긴 머리는 뒤쪽으로 하나로 단정히 묶어서인지 잘 어울렸다. 환자는 없었고 사토는 혼자 의자에 앉아 전자 차트를 뚫어져라 쳐다보고 있었다.

"사토 선배, 잘 부탁드립니다."

류지가 주뼛주뼛 말을 건네자 사토는 "어. 아메노 선생이 오늘 나랑 또 같이 당직이야?" 하며 가늘고 긴 눈으로 류지를 힐끗 봤다.

"네, 잘 부탁드립니다."

"그래. 나도 잘 부탁해. 오늘은 날씨가 좋아서 아마 바쁠 거야. 각오해야 할걸. 아, 저녁은 이따 배달시킬 건데 무슨 카레 먹을지 미리 생각해놔."

"알겠습니다."

류지는 '날씨가 좋아서 바빠질 것'이라는 게 무슨 뜻인지 잘 이해되지 않았다. 하지만 쓸데없는 걸 물어봤다가는 혼날 것 같아 관두었다.

"그럼 우선 부스 B에서 워크인(걸어 들어온 환자)을 쭉쭉 진료해. 그리고 구급차 퍼스트터치는 선생이 하고. 만약 모르는 거 있으면 나한테 물어. 검사나 오더 내릴 때도 간단하게라도 꼭 보고하고."

"알겠습니다."

류지는 바로 부스 B로 들어가 응급 외래 의자에 앉았다.

"어디 보자……."

전자 차트에 ID와 비밀번호를 입력하고 로그인한다. 평소와 달리 '응급 외래' 탭을 누르니 '환자 리스트'가 열린다. 이미 5, 6명이 대기 중이었다. 그런데 그때 "아메노 선생님, 오늘 잘 부탁드려요." 어디서 많이 들어본 목소리에 놀라서 뒤돌아보니 외래병동 간호사인 요시카와였다.

"요시카와 씨, 오늘은 웬일로 응급 외래에 계세요?"

"왜요, 제가 있으면 싫으세요? 병동에만 박혀 있으면 감이 떨어지거든요. 일손이 부족할 때 종종 여기 와서 도와드리곤 해요."

"아, 그러셨구나. 저 오늘 당직인데, 저야말로 잘 부탁드릴게요. 민폐를 많이 끼치게 될 거 같네요."

"어머, 그랬구나. 저도 잘 부탁드려요. 선생님이랑 같이 당직이라니 재밌겠는데요."

"네."

류지는 오히려 다행이라 생각했다. 아직은 당직이 익숙하지 않아서 얼굴을 잘 아는 친절한 간호사가 같이 근무하면 훨씬 편할 것 같아서였다.

"선생님, 벌써 한 명 와 있네요. 초진 환자예요. 들여보낼게요."

"네, 알겠습니다."

"다케다 씨~, 들어오세요."

머리가 희끗희끗한 70대 초반의 여성이 약간 불안해 보이는 표정으로 들어왔다. 커다란 여행 가방을 2개나 들고 있었다. 뭔가 좀 이상했다.

류지는 의자에서 일어나 "안녕하세요, 이쪽으로 앉으세요" 하며 의자를 권했다.

"성함이, 다케다 씨죠? 오늘은 어디가…" 불편해서 오셨어요, 라고 류지가 묻기도 전에 그 여자가 말을 시작했다.

"감기에 걸린 거 같아서 약 좀 얻으려고요. 아무래도 요즘 너무 바빠서 몸살감기가 왔나 봐요."

요시카와가 류지에게 건넨 쪽지에는 'BT 36.4(BT는 체온을 의미함)'라고 쓰여 있었다.

"감기요? 열은 없는 것 같네요. 증상은 어떠세요?"

"증상 같은 건 딱히 뭐……."

"네. 그럼 목은 어떠세요? 콧물이나 기침은요?"

"글쎄요, 목은 안 아파요. 콧물도 기침도 안 나오구요."

"그렇군요. 그럼 관절이 쑤시거나 하는 건요?"

"아니요, 그것도 괜찮아요."

"그래요, 그럼 다른 불편한 증상은?"

"글쎄요, 딱히 불편한 데는 없네요."

'뭐야, 이거……. 아무 증상도 없다고?'

"그렇군요, 알겠습니다. 그럼 머리가 아프거나 숨이 차거나, 등이나 배가 아프다거나, 그런 건 어떠세요?"

"그것도 괜찮아요."

난처해진 류지는 "그럼 진찰할게요"라고 말하며 눈과 목을 진찰했다. 육안으로 봐도 어디에도 이상이 없었다. 청진기를 가슴에 대봐도 소리는 크게 나쁘지 않았다.

"다케다 씨, 지금 진찰해봤는데 딱히 문제가 없으신 거 같아요."

그러자 환자는 "그래요? 그럼 약만 처방해주세요, 부탁해요"라고 말하며 류지의 대답을 듣기도 전에 바로 진찰실을 나가버렸다.

류지는 어안이 벙벙해졌다. 차트에다 무슨 말을 써야 할지, 약은 무엇으로 처방해야 할지 전혀 생각나지 않았다. 무슨 증상이 있어야 약이라도 쓸 거 아닌가.

"큭큭큭."

뒤에서 요시카와가 웃음을 참으며 서 있었다. 류지는 난처하다는 듯이 "요시카와 씨, 이럴 땐 어떻게 해야 하죠?"라고 물었다.

요시카와는 웃겨 죽겠다는 듯이 "선생님, 약 처방은 안 하셔도 돼요. 환자가 아픈 데가 없는데 어떻게 처방을 해요. 제가 환자분께 잘 설명할게요."

"부탁드릴게요."

류지는 하는 수 없이 차트에다 "이상 소견 없음. 처방 없음"이라고 입력한 뒤 '저장'을 클릭했다.

"이거면 되겠지."

근데 도대체 뭐지, 아까 그 환자는.

그렇게 생각하던 류지의 표정을 읽고 요시카와가 말했다.

"선생님, 응급 외래에는 저런 사람 꽤 많이 와요. '편의점 진료'는 차라리 낫죠, 어떤 사람은 감 놔라 배 놔라, 뭐 하라고 난리 친다니까요."

편의점 진료란 야간이나 휴일의 응급 외래를 마치 동네 편의점 드나들 듯이 진료를 받으러 오는 것을 말한다. '낮의 외래병원은 사람이 너무 붐빈다'는 이유로 진료시간 외 응급 환자를 위한 공간인 응급 외래로 오는 것이다. 이런 사람들이 응급 의료 시스템의 붕괴를 초래한다고 의대 시절 응급과 실습 시간에 들은 적이 있다.

"그런가요, 역시 어렵군요."

그러자 다른 간호사가 와서 "선생님, 구급차가 10분 뒤 도착합니다. 복통을 호소하는 중년 남성이에요"라고 큰 소리로 말했다.

"알겠습니다."

류지는 몸이 경직되는 걸 느꼈다. 구급차. 게다가 오늘은 혼자서 먼저 대응해야 했다. 지금까지 배운 케이스 중에 복통을 초래하는 질환은 얼마나 있었지? 10건 아니 20건 정도였나? 하지만 우선은 위중한 케이스부터 생각해내야 해. 생각이 꼬리를 물수록 몸이 경직되었다. 아, 이럴 줄 알았으면 인턴용 매뉴얼을 가지고 올걸.

이윽고 멀리서 구급차 소리가 들리기 시작했다.

삐~뽀~ 삐~뽀~.

의사가 된 이후로, 아니 의대생 때부터 몇 번이나 들었던 이 소리가 어째서 오늘 밤엔 다르게 들리는 걸까. 그런 생각을 하는 와중에도 소리는 조금씩 가까이 다가오고 있었다.

"선생님, 괜찮으시겠어요?"

요시카와가 걱정스럽게 물었다.

"벌써 지치셨어요?"

"아, 괜찮아요."

"구급차, 볼 수 있겠어요? 사토 선생님 불러올까요?"

"아니요, 그게 아니고, 괜찮습니다. 살짝 긴장돼서 그래요."

류지는 크게 숨을 내쉬며 어깨의 힘을 뺐다.

"고마워요, 이제 괜찮습니다."

"고생이 많으세요, 선생님 너무 과로하셨나 봐요. 어제도 밤늦게까지 일하셨다면서요."

"네, 인턴이니까 할 수 없죠."

류지는 진지하게 대답했다.

요시카와는 "선생님의 그런 면이 참 보기 좋아요"라고 말하며 살짝 웃었다.

구급차 사이렌은 꽤 가까이 온 듯했다. 바로 도착하겠다, 라고 생각하는 찰나 사이렌이 딱 멈췄다. 보통 구급차는 병원 근처로 다가오면 소음 때문에 사이렌을 멈추게 된다.

"왔다."

응급 외래 안쪽에는 구급차에서 환자가 스트레처에 실린 채로 바로 들어갈 수 있는 커다란 문이 있다. 이 문은 건물 밖과 직접 연결되어 있다. 류지와 요시카와는 구급차를 맞이하기 위해 커다란 자동문을 열고 밖으로 나갔다. 부드러운 바람을 타고 시원한 공기가 응급 외래 안으로 들어왔다. 이 동네에는 높은 빌딩이 많지 않아서 하늘이 멀리까지 보였다. 해는 이미 졌지만 먼 하늘엔 아직 노을이 물들어 있었다.

류지는 시원한 바람을 뺨에 맞으며 순간 이게 꿈인가 생시인가 했다. 내가 가운을 입고 병원의 응급 외래에 서서 간호사와 함께 구급차를 맞이한다. 오랫동안 꿈꿔왔던 장면이다. 드라마에서나 볼 수 있었던 장면 속에 지금 내가 있다. 그것도 주요인물의 한 사람으로서. 한참 연락을 못 드렸지만 멀리 가고시마에 계신 부모님께 이 장면을 사진으로 찍어서 보내드리고 싶다는 생각이 들었다.

병원으로 미끄러지듯 들어오는 구급차 조수석에서 구급대원이 급하게 뛰어내린다. 그리고 큰 소리로 "수고하십니다!"라고 말하며 뒷문을 열었다.

차 안에는 또 다른 젊은 구급대원 한 명이 "아파! 아파!" 하며 비명을 지르는 거구의 남자를 들것에 싣고 내리는 중이었다.

"하나, 둘, 셋!"

구령 소리와 함께 구급대원들이 재빨리 들것을 차에서 내리고 좀 전까지 류지가 있었던 부스 쪽이 아닌 다른 넓은 공간으로 환자를 옮겼다.

"아이고, 죽겠다~!"

운전석에서도 다른 대원 한 명이 내렸다. 대장으로 보이는 그 중년 남성대원은 햇볕에 잘 그을린 구릿빛 피부였다.

"잘 부탁합니다. 선생님, 보고 드리겠습니다."

"네."

아버지뻘 되는 연배의 사람으로부터 '선생님'이라고 불리자 류지는 당황했다.

들것은 응급 외래 안으로 들어갔다. 뒤쫓듯이 걸어가며 남성대원이 보고를 시작했다.

"네. 환자는 52세 남성, 집에서 저녁 식사 후 복통을 호소하여 가족이 구급 요청했습니다. 현지 도착 시 의식은 클리어, 바이탈사인은 BP 170/90, 심박수 110, 체온 36.5도, 산소포화도는 실내기압에서 96%, 특이 병력이나 복용약은 없습니다."

'170? 혈압이 꽤 높네……'

"저희가 도착하여 접촉 시 환자는 복통을 호소하며 바닥을 구르고 있었고, 식은땀도 흘리고 있었습니다. 이런 적은 처음이라고 합니다."

"알겠습니다."

"가족분은 부인과 따님이 같이 따라오셨습니다. 이상 보고 드립니다."

능숙하게 보고를 마치고 중년 대원이 고개를 숙였다. 류지는 왠지 불편해서 "감사합니다" 하고 같이 고개를 숙였다.

"선생님, 여기다 사인 좀 해주세요."

구급대원이 회색 보드를 받친 종이를 류지에게 내밀었다.

'경증인지 아닌지 구별해서 자기 이름을 사인하는 거였지, 아마?'

류지가 의대 시절에 한 번 본 적이 있는 종이였다. 그때는 의사가 아니라 24시간 구급대원을 따라다니며 현장을 동행하는 실습 중이었다.

서류에는 '경증, 중등증, 중증'이 있었다. 류지는 이 환자가 무엇에 해당하는지 도무지 알 수 없어 디시전을 내릴 수 없었다. 한참 헤매다가 너무 아파 보인다는 이유로 '중증'에 동그라미를 쳤다. 그리고

'의사'란에다 아직 서툰 자기 사인도 해 넣었다. '아메노 류지'.

응급 외래에서 "아파! 아파 죽겠다고!"라는 비명 소리가 들려왔다. 류지는 곧장 달려갔다.

이미 요시카와를 비롯한 두어 명의 간호사들이 그에게 모니터와 혈압계를 달고 있었다.

"저기……."

류지는 그에게 말을 걸려고 했지만 이름이 뭔지 몰랐다.

"다키미 씨요."

요시카와가 바로 뒤에서 알려줬다.

"네? 다키비 씨요?"

"아니, 다키미 씨!"

요시카와가 좀 더 큰 소리로 말했다.

'특이한 이름이네…….'

"안녕하세요, 다키미 씨. 들리세요?"

류지가 말을 건넸다. 거구에다 배까지 튀어나와 응급 외래 수술대에서 떨어질 듯 아슬아슬해 보였다.

"들리고 자시고 아파 죽겠단 말이야!"

"죄송합니다, 어디가 아프시죠?"

"어디긴, 허리랑 배가 다 아파!"

"언제부터요?"

"언제부터긴! 아까부터지! 에고야……."

그렇게 말하며 다키미는 좁은 수술대 위에서 옆으로 돌아 누워버렸다.

'통증이 너무 심해서 문진을 할 수가 없네…… 어떻게 알아내지?'

요시카와에게 "바이탈은요?"라고 문자 메모지를 쓱 건네 왔다.

'BP 180/100 HR 103 BT 36.4℃ SpO_2 97%'

BP 즉 혈압이 높았다. 이게 아파서 높은 건지, 다른 원인 때문인지…… 어쨌든 얘기를 좀 더 들어봐야 했다.

"다키미 씨, 죄송하지만 좀 더 자세히 말씀해주실 수 있으세요?"

다키미는 아파하면서도 "알았어!"라고 대답했다.

"언제부터 아프셨어요? 저녁 식사 후부터세요?"

"맞아, 저녁 먹고…… 30분 뒤쯤이었나?"

"제일 아픈 데는 어디세요? 손가락으로 짚어주실래요?"

"에고야, 아파…… 이쯤인가?"

그렇게 말하며 다키미는 왼쪽 옆구리를 짚었다.

"다키미 씨, 죄송한데요. 잠깐 똑바로 누워주실래요. 배를 진찰해야 해서요."

"알았어, 잠깐만. 움직여 볼게. 아이고야…….'

다키미는 큰 배를 문지르며 똑바로 누웠다.

빵빵하게 튀어나온 배가 비만 때문인지 부어서인지 알 수가 없었다. 분명 몸무게가 100킬로 이상은 될 것 같았다.

아픈 건 배였지만 머리부터 차례차례 만지면서 진찰한다. 눈에 황달이나 빈혈은 없는지, 입안이 건조하지 않은지, 목에 있는 갑상선이나 림프절은 붓지 않았는지. 특별한 이상은 없었다. 주머니에서 청진기를 꺼내어 가슴 소리를 들어봤지만 소리가 거의 들리지 않았다. 류지가 아직 서툰데다가 비만인 사람은 흉벽이 두꺼워서 호흡과 심장 소리가 잘 들리지 않기 때문이었다.
'하나도 안 들리네…… 어쩔 수 없지. 아픈 건 배니까.'
류지는 이미 윗옷을 걷어 올려서 드러난 배를 진찰했다. 배는 털이 많고 불룩 나와 있어 마치 가죽이 팽팽하게 당겨진 큰북 같았다. 이렇게 살찐 사람을 본 건 난생처음이었다.
'어떤 순서로 진찰하는 거였지? 시청타촉(배를 진찰할 때의 기본적 순서)이니까…….'
'시' 즉 시진은 배를 보는 거니까 이건 끝났고 다음은 '청'에 해당하는 청진이었다.
"배 소리 좀 들어볼게요."
그렇게 말하면서 청진기를 배에 댔더니 규규, 고고고 하는 소리가 들렸다.
'잘 모르겠네……, 뭐 이 정도면 되겠지. 다음은 타진인데, 할 수 있을까?'
"다키미 씨, 이번엔 배 좀 잠깐 때릴게요."
"알았어, 근데 아프게는 하지 마!"
왼손 중지의 관절을 다키미의 배에다 꾹 누르고 오른손 중지로 망치 두드리듯이 통통 때린다. 통통, 통통…… 배 전체를 여덟 군데 정도 두드렸지만 서툴러서 그런지 이 소리가 무엇을 의미하는지 류지는 알 수 없었다.
"아픈 데는 없어요?"
"그니까 아까부터 아프다고 하잖아!"
무의미한 대화만이 오고갔다. 이번엔 촉진을 해보기로 했다.

"그럼 이번엔 만져볼게요."

털북숭이 아저씨의 큰북 같은 배를 맨손으로 만지려니 좀 꺼림칙했지만 글러브를 끼기가 번거로워서 그냥 손을 댔다. 먼저 '심와부'라 불리는 명치끝부터 시작했다. 그리고 좌우, 하복부를 꾹꾹 만져봤다. 하지만 다키미의 배는 살이 물렁물렁해서 어디를 만져도 통증을 느끼지 못하는 듯했다. 류지는 마치 가고시마 본가에 있는 쿠션을 누르고 있는 것 같은 착각이 들었다. 하지만 여전히 다키미는 "아파……" 하며 신음하고 있었다. 류지는 병원에 도착했을 때보다는 좀 나아진 것 같다고 믿고 싶었지만 애석하게도 아파하는 정도는 크게 달라지지 않은 듯했다.

"의사 양반, 어떻게 좀 해봐. 아파 죽겠다고! 뭐 하고 있는 거냐고 지금!"

다키미가 크게 소리쳤다.

"죄송합니다."

그렇게 말하는 류지는 무얼 어떻게 해야 할지 전혀 알 수가 없었다.

'맨 처음에 배가 아프다고 했지. 하지만 어딜 눌러도 아프지가 않대. …… 참, 아까 배랑 허리가 아프다고 했던 거 같은데…….'

"다키미 씨, 허리가 아프세요?"

"그니까 아까부터 아프다고 했잖아!"

"죄송해요, 허리 어디쯤이 아프세요?"

"등 왼쪽이다! 아이고야…….."

다키미는 거기까지만 말하고는 다시 신음 소리를 냈다. 온 얼굴에 기름땀을 흘리고 있었다. 빨리 손을 써야 할 텐데.

'아니…… 허리였구나. 응급 외래 간호사는 "복통환자가 온다"고 했고, 구급대원도 "주증상은 복통"이라고 했다. 그래서 나는 복통이라고 단정 짓고 말았다. 환자가 너무 아픈 나머지 제대로 말하지 못한다는 것을 핑계 삼아.

하지만 허리가 아프다는 말에도 류지는 여전히 감을 잡을 수 없었다. 유일하게 생각나는 건 '대동맥박리'라고 하는 대동맥이 파열되는 질병뿐이다. 만약 이 병이라면 생명과 직결된다.

'뭐가 뭔지 모르겠으니 일단 수액부터 달고 나서 채혈이랑 CT 검사를 해야겠다.'

말을 하려고 뒤를 돌아봤는데 요시카와가 없었다. 다른 환자를 보고 있는 걸까. 이를 어쩌나 고민하다가 일단 다른 간호사라도 불러야겠다 싶어서 간호사를 찾았다. 조금 전까지 류지가 있었던 부스로 가자 요시카와가 있었다.

"요시카와 씨, 죄송한데요, 잠깐 저쪽 환자…….."

"선생님, 어쩌죠, 지금 좀 바쁜데. 다른 간호사한테 부탁하세요." 하며 딴 데로 가버렸다. 다른 구급차가 한 대 더 온 모양이었다.

'큰일 났네…… 아는 간호사가 하나도 없는데…….'

하는 수 없이 다시 다키미에게 가자 다른 간호사가 와 있었다. 다행이다. 나이가 좀 있어 보이는 간호사였다.

"죄송한데, 이 분 수액이랑 채혈 좀 부탁해요!"

"어쩌죠. 그건 제 담당이 아닌데."

그렇게 말하는 간호사의 명찰을 힐끗 보니 '간호부장'이라고 쓰여 있었다. 간호부장은 간호부서 서열 1위인 간호사다. 평소 인턴이랑 얘기하는 일도 거의 없다. 머뭇대는 사이 간호부장도 가버렸다.

'아니라니, 뭐가 아니라는 거야…… 좀 도와주면 안 되나……. 어떡하지…… 간호사가 없으면 수액도 달 수 없는데.'

류지는 하는 수 없이 직접 수액을 찾아 준비하기로 했다. 수액백과 수액라인, 연장라인 그리고 수액침을 고정하는 테이프 등이 필요하다. 항상 간호사가 준비했기 때문에 어디에 있는지 도무지 알 수가 없었다.

오래된 진열장 하나하나를 열면서 찾아내야 했다. 저 멀리서 다키미의 끙끙 앓는 소리가 들린다. 류지는 마음이 다급해졌다. 어느새 땀이 흘러 바닥으로 뚝뚝 떨어졌다.

'대체 어디에 있는 거야…….'

진열장에는 한 번도 본 적이 없는 다양한 튜브와 상자가 놓여 있었다. '트로카 카테터' '요도 카테터' '아스피레이션 키트' '봉합세트' 등등. 이런 것들은 의사나 간호사에겐 일상적인 물건들이었다. 하지만 의사가 된 지 아직 반년도 채 되지 않은 류지에게는 너무나 낯선 물건들이었다.

"선생님, 아까 죄송했어요. 무슨 일이세요? 뭐 찾으시는데요?"

요시카와가 어느새 옆에 와 있었다.

"죄송해요, 수액이랑 채혈하려고 기구 찾고 있었어요."

류지는 저도 모르게 목소리가 커져 버렸다.

"제가 할 테니까 선생님은 전자 차트에다 오더 좀 넣어주세요. 수액은 뭐로 할까요?"

"그, 그니까……."

류지는 당황했다. 이 환자에게는 무엇을 써야 할까. 감도 오지 않았다.

"…… 그럼 일단 포타슘 프리한 세포외액이면 될까요? 신기능(腎機能)이 어떤지 아직 모르니까요."

"네, 네! 그럼 그렇게 해주세요!"

"그럼 소크미틸 F로 오더 넣어주세요."

"알겠습니다."

'도대체 누가 의사인지 모르겠네.'

"채혈도 오더 넣었으니까 잘 부탁해요!"

남자가 식후에 왼쪽 허리가 아파지는 질병이 어떤 게 있지? 내가 뭘 놓치고 있는 걸까? 어떻게 해야 곳곳에 널려 있는 새까만 죽음 구덩이에 저 사람이 빠지는 걸 막을 수 있을까?

"응급 외래란 진단과 치료를 하는 곳이 아니다. 치명적인 질환을 선별해내는 장소다."

예전에 의대생일 때 견학을 갔던 병원에서 젊은 응급 의학과 의사가 했던 말이 생각났다.

"야, 아프다고! 빨리 진통제 놔줘! 아니면 구급차 다시 불러주던가!"

신음하던 다키미가 다시 고함을 질렀다.

"다키미 씨, 조금만 더 기다리시면 선생님이 낫게 해주실 거예요."

요시카와가 다키미를 달래고 있었다. 큰일이다, 빨리 어떻게든 수를 써야 해.

"그럼 일단 CT라도······"라고 류지가 말하려는 순간 사토가 다가왔다.

"뭐야, 이쪽까지 소리 다 들리잖아. 무슨 일인데?"

가운을 입지 않고 감색으로 된 도복 상하의 같은 차림으로 성큼성큼 걸어오는 사토의 박력에 류지는 순간 두려움을 느꼈지만 한편으로는 고맙기도 했다.

'살았다······!'

"죄송합니다. 이 환자분인데요. 저녁 식사 후 복통이 있어서 응급이송되었습니다. 통증이 상당히 강한데, 복통이 아니라 좌부요통인 것 같습니다. 지금 라인을 잡고 채혈했고 지금부터 CT를 찍으러 갈까 하던 중이었습니다."

"뭐? 진통제는 놨어?"

"아, 아니요. 먼저 원인을 알아내야 할 것 같아서······."

"무슨 헛소리야! 네가 나온 의대에선 그따위로 가르치니?!"

사토가 호통을 쳤다.

"요시카와 씨, 신기능은? 알레르기는? 괜찮네요. 그럼 보르사보(진통성분 의약품) 투여해주세요."

사토가 류지 쪽으로 얼굴을 확 들이밀었다. 키 차이가 15센티 정도 났지만 그래도 엄청난 기세가 느껴졌다.

"구급차 도착한 지 얼마나 됐는데. 잘 모르겠으면 빨리 나를 불러야 할 거 아니야!"

"네, 죄송합니다."

"잠깐 보고 있어."

그렇게 말하고 사토는 다키미 옆으로 다가가서는 지금까지 이런 통증을 느낀 적이 있었는지, 술은 얼마나 마시는지, 이제까지 심장 질환을 앓은 적이 있는지, 안질환은 있는지 등을 문진하고 아픈 허리 부분을 촉진했다. 사토가 자연스럽게 다키미와 대화하는 것을 보면서 류지는 깜짝 놀랐다.

"혈압, 좌우 팔로 각각 측정하고."

사토는 그렇게 요시카와에게 지시하고, 류지에게는 "복부 엑스레이, 포터블로 빨리 불러! CT는 그 후야. 그리고 에코(초음파) 가져와"라고 지시했다.

류지가 커다란 에코 기계를 밀어서 가져오자 사토가 초음파 프로브(탐사자)를 다키미 허리에 가져다 댔다. 그러면서 화면을 손가락으로 가리키며 "여기 휘도가 높잖아" 하며 설명했다. 류지는 "네, 네"라고 대답하면서도 왜 초음파 검사를 하는지 그 이유를 몰랐다. 얼마 지나지 않아 방사선기사가 커다란 포터블 촬영용 기계를 밀면서 가져오자 그 자리에서 엑스레이를 한 장 찍고 바로 노트북으로 보여줬다. 사토는 이를 보자마자 "봐"라고 손가락으로 가리켰다.

"요시카와 씨, 부스코판 1 앰플, 정맥주사 그리고 요검사 추가"라고 지시를 내렸다.

요시카와가 바로 수액관으로 부스코판이라고 하는 약을 주입하자 1분 정도 지나서 다키미 신음 소리가 멈추었다.

사토가 다키미에게 "통증은 어떠세요?"라고 묻자 다키미는 웃으면서 "네, 좋아졌어요! 선생님 감사합니다! 우와, 진짜 대단하시네"라고 말했다.

류지는 뭐가 뭔지 전혀 이해할 수가 없었다.

"아메노, 일단 단순 CT 찍어놔."

"네, 감사합니다!"

"그리고 배달 안 시켰지? 코코이찌방야에서 비프카레 낫토 치즈 토핑, 5 맵기로 내 것도 주문해줘. 카레 도착하면 전화해."

이렇게만 작은 목소리로 얘기하고는 바로 총총걸음을 하며 자기 부스로 사라졌다.

"네, 알겠습니다."

마음은 절이라도 하고 싶은 심정이었다.

'근데 대체 뭐였던 거지?'

그런 생각을 하며 전자 차트로 다키미 차트를 열어봤다. 이미 사토가 차트를 작성해놓은 상태였다.

'52세 남성. 좌측 요부 격통, 과거에 반복되는 유사 에피소드 있음. 혈압 좌우 차이 없음. 에코에서 좌우신에 결석 다수, 복부 단순 엑스레이에서 요로결석 확인. 보르사보와 부스코판으로 동통 개선, 단순 CT 추가, 향후 재발 가능성 있음.'

'아. 이 사람, 요로결석이었구나……'

솔직히 전혀 생각하지 못했다. 류지는 전자 차트를 보면서 아연실색했다. 류지의 의사로서의 능력은 사토와는 천지차이였다. 한심하다는 생각조차 들지 않았다. 나는 아무것도 몰랐고 아무것도 할 수 없었다.

류지는 잠시 차트 화면을 쳐다봤다. 이를 악물어봤지만 그래도 눈에 눈물이 고였다. 어금니까지 더 세게 악물어봤다. 눈물 때문에 화면이 얼룩져 보였다. CT 검사를 전자 차트로 오더를 내고 방사선과 당직의한테 전화로 CT를 부탁했다.
"선생님, CT 다녀올게요. 코코이찌방야 배달 까먹지 마세요."
요시카와가 하는 말을 듣고서 순간 정신을 차렸다.
맞다, 주문전화도 해야지.

*

그날 밤 두 사람은 23시를 넘어서야 겨우 저녁을 먹을 수 있었다. 다키미가 기분 좋게 귀가한 뒤로도 감기나 두통과 같은 경증환자가 계속 이어졌다. 환자가 끊긴 시간을 틈타 두 사람은 간호사 휴게실에서 차갑게 식은 카레 도시락을 열었다. 류지가 전자레인지로 데우려고 하자 사토가 "저기요. 언제 또 구급차가 들이닥칠지 모른다고. 얼른 먹기나 해"라고 해서 어쩔 수 없이 식은 카레를 먹었다.

좁은 휴게실에는 작은 테이블을 사이에 두고 두 개의 2인용 소파가 놓여 있었다. 사토가 뭔가 얘기를 시작하길 기다렸지만 아무 말이 없어서 류지도 그냥 말없이 먹기 시작했다.

벽에는 '간호사의 노동시간이 너무 길다!'라는 호소문과 함께 '탄력 스타킹 공동구매 소식'(간호사는 서서 일하는 시간이 길어 다리가 잘 붓기 때문에 탄력 스타킹을 신고 일하는 경우가 많다)과 '이달의 교대 근무표' 등이 어수선하게 붙어 있었다.

방구석의 낡고 작은 TV에서는 뉴스가 방송되고 있었다. 우주개발에 있어서 일본의 존재의의와 가상통화의 경제규모에 대해 남성

캐스터가 심각한 얼굴로 이야기하고 있었다. 그 주제들은 모두 류지에겐 딴 세상 이야기처럼 들렸다. 실제로 딴 세상에서 일어나는 일들이기도 했다.

이 도쿄의 도심 병원에서 감기와 두통 환자들에게 약을 처방하고, 요로결석으로 통증을 호소하는 환자의 항문에 진통제를 넣는 지시를 내리고, 다쿠마의 치료에 힘을 쏟는 것. 류지의 세상은 그게 전부였다.

세계 경제도 핵 개발도 매해 여름마다 반복되는 물난리도, 류지가 살아가는 세상에서는 일어나지 않는 일들이었다.

"아까 그 환자."

카레를 다 먹고 나서 사토가 낡은 소파에 앉은 채 다리를 꼬았다.

"완전 티피컬한 환자라고."

류지는 티피컬이라는 말을 듣고도 바로 전형적이라는 단어가 연상되지 않았다. 의미를 모른 채 그저 입을 다물고는 사토의 눈을 봤다. 그리고 다음 말을 기다렸다.

"중년남성, 밤, 격통, 기왕력 있음. 이런 경우는 대개가 결석이야. 물론 다이섹션(대동맥박리) 같은 룰아웃은 필요하겠지만."

류지는 다이섹션은 겨우 알아들었지만 룰아웃의 뜻은 몰랐다. 그렇다고 질문하면 또 혼날 것 같아서 겨우 "네"라고만 대답했다.

"뭐, 몇 명 진료하다 보면 알게 돼. 외과의라서 좋은 점은 수술하면서 요로를 직접 볼 수 있다는 거야. 이렇게 가는 관이 돌로 막히면 진짜 아프긴 하겠네, 하면서 눈으로 직접 보고 알 수 있거든."

물론 류지는 아직 요로를 본 적이 없다.

"아, 류지 선생은 아직 본 적이 없겠구나. 꿈틀거리는 거 보면 아마 처음엔 감동할걸."

"그래요?"

류지는 감이 잘 오지 않았지만 일단은 '다음에 보면 진짜 감동하도록 하겠습니다'와 같은 눈빛으로 사토를 바라봤다.

사토가 침묵하자 방 안은 다시 조용해졌다. TV 속의 남자 아나운서는 여전히 같은 어조로 중동 각국의 석유정책에 대해 의문을 표하고 있었다.

사토가 눈앞에 있다 보니 류지는 긴장을 풀 수가 없었다. 팽팽한 분위기에서 빨리 빠져나오고 싶었다. 화장실에라도 갈까 생각해봤지만 그것도 좀 실례인 것 같았다. 사토는 무슨 생각을 하고 있을까. 사토는 류지를 똑바로 쳐다보거나 벽에 붙은 포스터를 읽거나 하고 있었다.

얼핏 보니 사토의 목에 목걸이가 걸려 있었다. 가운데에 핑크색 작은 돌이 박혀 있는 가느다란 금색 줄로 된 목걸이였다. 자기가 직접 산 걸까, 아니면 누구한테 선물 받은 걸까. 예전에 회식자리에서 술 취한 외과 의사가 사토는 결혼도 안 하고 남자친구도 없다고 얘기했었다. 비록 나이는 나보다 조금 많지만 꽤 미인이니까 한두 번쯤 연애는 해봤을 텐데. 아, 기가 세서 그런가…… 그런 생각을 하고 있는데 간호사인 요시카와가 들어왔다.

"쉬고 계신데 죄송해요. 지금 직래(직접 내원)가 왔는데요."

"아, 지금 다 먹었어요. 어떤 환자죠?"

'직래가 뭐지?'

"14살 여자아이, 우하복부통이래요. 엄마와 같이 왔어요."

"알았어요. 응급 외래 올 거면 전화 한 통쯤하고 오라고 엄마한테 전해줘요. 병원이 무슨 편의점도 아니고."

사토는 그렇게 말하며 류지를 쳐다봤다. 아마 '가서 진찰해'라는 의미겠지.

"그럼 가보겠습니다."

"아."

사토가 불러 세웠다.

"네?"

류지가 뒤돌아보자 "입에 카레 묻어 있어" 하면서 사토가 빙그레 웃었다.

*

류지가 부스 B에 가자 이미 엄마와 딸이 앉아 있었다. 딸은 배가 아프다는 듯이 웅크리고 앉아 있었다.

"많이 기다리셨죠? 어디가 불편해서 오셨나요?"

"네, 애가 한 3시간 전부터 갑자기 배가 아프다고 해서요."

엄마가 대답했다. 엄마는 늦은 시간에 어울리지 않게 정장 차림에다 화장도 완벽했다.

"집에서 좀 지켜보고 있었는데 점점 아파하는 것 같아서 데리고 왔어요. 밤늦게 죄송합니다."

엄마는 그렇게 말하며 고개를 숙였다.

"아닙니다, 신경 쓰지 마세요. 이름은…… 아야 양이군요. 언제부터 아팠어요?"

"저녁 먹고 나서 한 8시부터요." 이어서 본인이 대답했다.

"어느 쪽이 아파요?"

"처음엔 정 가운데였는데 지금은 오른쪽 아랫배가 아파요."

"구역질은 어때요?"

"처음에 약간 있었어요."

"지금까지 이렇게 아픈 적 있었어요? 처음이에요?"

"처음이에요."

약간 고개를 숙이면서도 묻는 말에 또박또박 답변하는 그녀를 보며 류지는 속으로 감탄했다. 14살 때 난 저렇게 말을 잘했을까?

몇 가지 질문을 더 하고 마지막으로 진찰대에 눕혔다. 배를 여전히 부둥켜안은 채 요시카와가 부축해 이동시켰다. 통증이 꽤 심한 모양이었다.

"그럼 잠깐 배 좀 진찰할게요."

그렇게 말하자 요시카와가 "어머니는 진찰실 앞에서 잠시 기다리고 계세요"라고 말하며 엄마를 진찰실 밖으로 내보냈다. 그리고 얼굴을 찡그리는 소녀의 맨투맨 티를 위로 젖히고 검은 치마와 분홍색 팬티를 동시에 살짝 아래로 내렸다. 그러자 소녀의 가냘픈 배가 드러났다.

'배가 참 예쁘네…….'

매일같이 진찰하는 건 모두 고령 환자들의 배라서 젊은 여성을 진찰하는 일은 극히 드물었다. 아야의 배에는 군살이 하나도 없었다. 복직근이 솟아 있었고, 그 중간이 오목하게 들어가 있다. 세로로 길쭉한 배꼽이 배 한가운데 놓여 있었다. 적당히 하얀 피부에는 금색 솜털이 나 있어 진료실 라이트에 반짝반짝 빛나고 있었다. 배꼽 아래 방향으로 하복부 가운데에 한 줄기 선이 그려져 있었다. 의대 수업 시간 때 인체 발생단계에서 이 선이 형성된다고 배웠던 기억이 난다.

"청진기를 대면 좀 차가울 거예요."

그렇게 말하면서 류지는 왼손으로 청진기를 감싸서 체온으로 덥혔다. 의대생 때 소아과 의사가 아이를 진찰할 때 하는 걸 보고 줄곧 그렇게 따라 하게 되었다.

아야의 배에 청진기를 대고 소리를 들었다. 아무 소리도 들리지 않았다. 간단하게 두세 군데 톡톡 타진을 했다. 오른쪽 아래쯤에서 아야가 얼굴을 찡그렸다.

"그럼 이번엔 배를 만져볼게요."

이번엔 아야의 배를 만지기 시작했다. 명치끝부터 시작해서 좌상, 좌하복부 순서로 만져나간다.

만지면서 2센티 정도 배가 들어가도록 꾹꾹 눌러간다.

"아픈 데가 있으면 말해주세요."

처음에는 아프지 않은 곳부터 시작해서 점차 아픈 곳으로 교과서에 나온 촉진법에 따라 만져갔다.

"아야!"

아야가 얼굴을 찡그렸다. 배꼽에서 딱 5센티 정도 오른쪽 아랫부분이었다.

"미안해요, 여기가 아프군요."

14살짜리 소녀에게 사과하며

'교과서에 나온 대로네. 혹시 아뻬(충수염)인가……. 그렇다면 수술을 할 수도 있겠네'라고 생각했다.

"요시카와 씨, 엑스레이랑 채혈 부탁해요. 에코(초음파)도 찍고 아마 CT도 찍을 수 있을 거 같아요."

"네, 알겠습니다. 수액은요?"

"아, 그것도 부탁해요."

류지는 응급 외래 구석에 놓인 커다란 초음파 검사 기계를 밀어서 가져왔다. 그리고 아야의 배에다 갖다 댔다. 하지만 류지의 실력으로는 아직 뭐가 뭔지 잘 알 수 없었다. 통증이 있는 우하복부는 아파할 것 같아서 초음파를 댈 수가 없었다. 그러는 사이 채혈검사 결과가 나왔다. 예상대로 백혈구와 CRP 수치가 높았다. 이건 몸 어딘가에 염증이 있다는 걸 의미했다.

소녀의 배에 타월을 덮어주고 류지는 사토에게 전화했다.

삐리리리 삐리리리.

"네."

아직 간호사 휴게실에 있는 듯했다. 평온한 목소리였다.

"선생님, 저 아메노입니다. 지금 통화 괜찮으세요?"

"어."

"선생님, 아까 온 14세 여성인데 아뻬가 의심됩니다."

"근거는?"

사토의 목소리는 날카로웠다.

"우선 우하복부에 통증이 있습니다. 처음에는 배꼽 부근이 아팠는데 통증이 점점 아래로 이동하고 있습니다. 다음으로 채혈검사상 염증 수치가 상승되어 있습니다."

"에코는 찍었어?"

"네, 찍었는데 잘 보이지 않았습니다."

"통증은 심해?"

"네, 걷기도 힘들어합니다."

"그리고 또 할 거 없어?"

"어······."

또 할 거, 라니. 그걸 내가 어떻게 알아······. 하지만 아마도 치료방침 등을 얼마나 주체적으로 생각하고 있는지를 묻고 있는 것 같아서 "혹시 모르니까 CT를 찍으려고 합니다. 그 후 항생제 투여를 시작할 생각입니다"라고 대답했다.

"아니 아니, 그런 거 말고. 네가 내과의야? 급성복증이면 더 생각할 게 있잖아."

사토가 엄한 말투로 말했다.

"외임은?"

"네?"

"외임 가능성은 있냐고."

핸드폰 너머의 사토는 확실히 짜증이 나 있었다.

'어떡하지, 외임이 뭔데?'

"죄송한데, '외임'이 뭐예요?"

잠시 침묵이 흘렀다. 아마 어이없어하고 있겠지. 분위기가 그랬다.

"잠깐 거기 있어."

사토는 말을 끝내기도 전에 바로 전화를 끊어버렸다. 외과의는 성질이 급하다. 전화가 끊기고 15초쯤 지나서 사토가 응급 외래로 나타났다. 아마 전화하면서 이쪽으로 왔던 모양이다.

"환자 어딨어?"

"이쪽이요."

"에코 있어?"

"네."

짧게 말을 주고받으며 사토가 아야에게로 갔다.

"안녕하세요, 외과의 사토입니다. 잠깐 저랑 얘기 좀 할 수 있을까요?"

그렇게 인사를 마치고 침대에 누워 있는 아야와 이야기를 나누기 시작했다.

"…… 저기, 어머니가 지금 여기 안 계시니까 솔직하게 대답해줬으면 좋겠는데."

그렇게 일단 말을 하고서는 아야에게로 얼굴을 가까이 대며 속삭였다.

"혹시 지금 임신하고 있을 가능성은 있나요?"

사토는 천천히 한 마디씩 또박또박 말했다. 아야는 잠시 침묵하더니 작은 목소리로 "네"라고 대답했다.

류지는 충격을 받았다. 그리고 앞서 전화로 들은 '외임'의 의미를 그제야 이해했다. 외임이란 '자궁외임신'의 줄임말로, 임신 가능성이 있는(즉 생리를 하는) 여성의 복통에서 반드시 고려해야 할 질병이다. 자궁 밖 게다가 그 대부분이 난관이라고 하는 매우 가는 관에서 태아가 자라기 때문에 좁은 관이 파열되면 대량출혈을 일으켜 사망까지도 초래할 수 있어 매우 위험하다.

절대로 놓쳐서는 안 될 질환 중 하나로 류지는 의대에서 이 질환에 대해 인이 박이도록 자주 듣고 공부했었다.

아야를 진찰할 때 류지는 이 질환의 존재를 완전히 잊고 있었다. 이를 사토는 전화로 '자궁외임신은 체크했나' 물어봤던 것이다.

자궁외임신의 가능성을 조사할 때는 먼저 문진 즉 본인에게 직접 '지금 임신하고 있을 가능성이 있나요?'라고 물을 필요가 있다. 즉 성관계의 유무 그리고 피임의 유무를 직접 본인에게 확인해야 한다. 기본적으로 생리를 하고 있을 나이의 여성이라면 반드시 물어봐야 한다. 그 환자가 초등학생이든 할머니든 말이다.

하지만 류지 눈에는 도저히 이 소녀가 '그럴 거 같아' 보이지는 않았다.

'여기는 도쿄다, 이건가……'

"미안해요. 좀 대답하기 곤란하겠지만, 그건 최근이었나요?"

사토가 진지한 표정으로 물었다.

"네."

"그럼 콘돔 같은 피임은 했나요?"

"아니요."

"그랬군요. 대답해줘서 고마워요. 지금 배가 왜 아픈지 그 원인을 찾고 있는데 임신이 원인이 되는 질병의 가능성도 있어서요. 그래서 임신 여부를 체크하기 위해서 소변검사를 해야 하는데, 괜찮겠죠?"

'괜찮겠죠?'에 힘을 주며 사토가 말했다.

"네."

기어들어 가는 목소리로 아야가 대답했다.

사토는 "그 전에 먼저 배를 다시 만져보고 초음파 검사를 할게요"라고 말하고는 능숙하게 아야의 배를 만지기 시작했다. 그리고 마지막에 배꼽 오른쪽 아래를 누르자 역시나 "아야!" 하고 아야가 비명을 질렀다. 그러나 사토는 더 세게 배를 눌렀다.

"너무 아파요!"

아야는 얼굴을 찡그리며 사토 손을 치우려고 했다.

"미안해요, 그럼 지금 통증이랑."

그렇게 말하고 배에서 손을 탁 뗐다.

"뗐을 때의 통증이랑 어느 쪽이 더 아파요?"

손을 떼자 아야는 바로 찡그렸던 얼굴을 풀면서 "누를 때가 더 아파요"라고 말했다. 사토는 슬쩍 류지를 봤다. 사토는 초음파 프로브를 손에 쥐고는

"미안해요, 살짝 차가워요."

아야의 배에다 젤리를 바르고 에코를 찍기 시작했다. 그리고 낡은 모니터 화면을 보며 류지에게 설명하기 시작했다.

"봐, 복부 가장 외측에 있는 관강(管腔)이 상행결장이야. 이걸 따라서 제일 아래로 가면 맹장이 나와."

그렇게 말하면서 프로브를 가장 아픈 부위에 갖다 댔다.

"찾았다."

사토가 손으로 화면을 찍었다. 하얗게 반짝반짝 빛나는 소시지 같은 주머니가 있고 마치 별똥별처럼 검은 꼬리 그림자가 보였다. 그게 돌이었다.

"이게 아뻬, 이게 분석(糞石)이야."

얘기를 듣고 류지는 끄덕였으나 사실은 잘 이해하지 못했다. 하지만 너무나 아파하는 아야가 불쌍해 보여서 그냥 빨리 알아들은 척하고 말았다.

"아뻬네. 어사이티즈(복수)도 조금 있고."

그러고는 프로브를 류지에게 건네며 "한 번 해봐"라고 말하며 뒤로 물러섰다.

'너무 아파하는데 또 갖다 대라고……?'

"아……, 이거…… 예요?"

"맞아."

"이게 돌인가요?"

"그래."

류지는 집중했다. 최단의 시간과 거리로 충수를 찾아냈다.

사토가 큰 목소리로 "요시카와 씨, 끝났어요"라고 말하자 요시카와가 어디선가 바로 나타나더니 "수고하셨어요, 미안해요. 많이 아팠죠?"라고 하며 따뜻한 타월로 아야 배를 닦았다.

"그럼 나머지는 임신반응을 소변으로 체크하고 음성 확인 후에 엑스레이랑 CT 찍어. 라인 확보하고 혈액배양 2세트 빼면 항생제 투여하고. 그리고 어머니한테는 아마 맹장염일 거라고 말씀드리고."

"네, 알겠습니다."

30분 뒤.

CT를 본 사토로부터 전화가 왔다.

"역시나 아빼였어. 수술방에 수술할 수 있는지 물어봤는데 지금 응급으로 심장 큰 거 하고 있어서 아침까지 스텝이 다 바쁘다네. 그래서 내일 아침 첫 타임으로 수술하려고. 입원실 알아놨으니까 긴급입원이라고 얘기해줘."

류지는 소녀와 엄마에게 설명을 마치고 병동으로 올려보냈다. 그러자 다시 응급 외래가 조용해졌다.

류지는 응급 외래의 구급차가 들어오는 커다란 자동문을 열었다. 심야인데도 여름날의 밤은 아직 찌는 듯한 더위였고 짙은 어둠이 이 도시를 잠재우고 있었다. 류지는 문에서 한 발짝 밖으로 나갔다. 더워서 가운을 벗고 두 팔을 위로 올리며 기지개를 켰다. 류지는 '아악' 하고 크게 소리 지르고 싶었다.

나는 지금 의사로 일하고 있다. 틀림없이 난 이 심야의 도시를, 지친 몸으로 쓰러지듯 잠들어버린 어른들을, 아무것도 모른 채 잠자고 있는 아이들을 지키고 있다. 과연 잘 해내고 있는지 확신할 수 없지만 말이다. 지금은 아무것도 못 하고 아는 것도 없지만 더 열심히 공부하고 더 많이 배워서 인턴 생활을 잘 완수해내고 말겠다. 아무리 힘들어도 상관없다. 사토 선배에게 뒤지지 않는 실력을 갖춘 더 친절한 의사가 되고 말 것이다.

*

　류지는 그날 결국 새벽 4시에서 6시까지 2시간밖에 잠을 자지 못했다. 아뻬 소녀가 입원하고 나서도 차트를 정리하고 작성하느라 바빴기 때문이다. 그 2시간의 쪽잠을 자는 동안에도 몇 번씩 전화가 울려 대서 깨는 바람에 6시에 일어났을 때는 너무 졸려 미칠 것 같았다. 당직은 8시 반에 끝나는데 그 전에 채혈하는 일이 남아 있었다. 겨우 일어나 샤워를 하고 가운을 다시 입고 병동으로 갔다.
　여름은 아침이 이르다. 해가 벌써 중천에 떠 있었다. 태양은 병원에 눈부신 아침 햇살을 내리쬐며 각 병실의 창문을 통해 백지 같은 희망을 배달하고 있었다. 빛으로 가득 찬 복도를 새하얀 가운을 입고서 걷는 것만으로도 힘이 나는 기분이었다. 샤워한 머리는 젖어 있었지만 그다지 신경이 쓰이지 않았다.
　병동으로 가자 야간근무 간호사가 이리저리 분주하게 움직이고 있었다. 6시 체온측정의 시간이다. 저렇게 하나하나 측정하지 않아도 데이터를 중앙 컴퓨터로 전송하는 체온계를 환자에게 건네서 스스로 측정하게 하면 될 텐데. 각 병실에다 단말기를 설치하여 환자 본인이 체온이나 혈압, 식사량을 측정해서 입력하면 더 효율적일 텐데. 이런저런 생각을 하며 류지는 간호사가 준비해놓은 채혈 카트를 밀며 채혈하러 다녔다.
　환자에게 말을 건네고 팔을 걷고 구혈대로 묶은 후 혈관을 찾고 소독하고 나서 바늘을 찌른다. 일련의 동작은 이제 완벽하게 몸에 익었다. 하지만 역시 수면 부족 탓일까, 구혈대를 팔에 묶는 걸 까먹은 채로 혈관을 찾거나(웬만해서는 못 찾는다) 소독을 하지 않았다가 환자한테 "선생님, 소독해서야죠"라는 말을 듣기도 했다.

'위태위태하네…… 이렇게까지 주의력이 떨어지다니…….'

이제까지도 몇 번 거의 날밤을 새고 아침에 채혈한 적은 있었다. 하지만 오늘 아침은 평소와 뭔가 달랐다. 전날 밤 응급 외래에서 그토록 집중하며 일한 탓인지 평소 수면 부족과는 뭔가 양상이 달랐다.

하나로 연결되어 있어야 할 집중력이 군데군데 이가 빠져버린 머리빗처럼 중간중간이 끊겨 있다. 이런 경우는 류지에게 처음 있는 일이었다.

채혈을 마치고 아침 외과 콘퍼런스에 갔다. 류지는 심기가 불편한 외과의들이 모이는 이 회의가 항상 어려웠다. 뭔가 마음에 안 든다는 이유만으로 혼났던 적이 한두 번이 아니었기 때문이다.

"이어서 어제 내원한 아빼 증례입니다."

어두운 방에서 사회를 보는 이와이가 말했다. 류지는 새벽에 제작한 요약본을 프로젝터에 띄웠다.

"시작하겠습니다. 증례는 14세 여성, 충수염 환자입니다. 어젯밤 응급 외래로 직접 내원, 초진 시 우하복부에 압통이 있었습니다. 복막자극증상은 없습니다. 체온은 37.4℃, 혈액검사 수치는 백혈구가 19,700……."

외과의들은 미동도 하지 않고 듣기만 했다. 이 프레젠테이션의 내용이 과연 맞을까……. 아무도 반응이 없는 것은 전혀 맞지 않는 얘기를 하고 있어서일까…….

류지는 프레젠테이션을 계속했다. 외과의 콘퍼런스는 엄격하다. 틀리면 인격을 부정당하는 말을 듣는 건 예사였다. 그러다 계속 틀린 말을 하면 완전히 존재 자체를 무시당하고 '이 인턴은 없는 거나 마찬가지'로 취급당한다. 그러다 누구도 간섭해주는 사람 없이 그저 몇 달 잡무만 하다가 끝나버린다.

과거에 그런 인턴이 여럿 있었다는 얘기를 류지는 1년 선배 인턴에게 들었다. 그래서 류지는 이 싸움에서 지기 싫었다.

"이어서 영상입니다. 복부 단순 엑스레이에서는 우하복부 가스 음영은 보이지 않습니다. 다음 CT 화상에서는."

그렇게 말하고 류지는 전자 차트를 띄워서 'CT 영상 일람'을 클릭했다. 그런데 화상이 뜨지 않았다. 5초가 지나고, 10초가 지났는데도 나오지 않았다. PC가 다운된 것 같았다. 류지는 당황했다. 등과 뒷머리의 땀구멍이 한순간에 전부 다 열리면서 땀이 줄줄 흘렀다. 빨리, 빨리 나오란 말이야! 외과의는 성질이 급해! 외과의는 기다리는 걸 싫어한다고. 가뜩이나 아침에는 저기압들인데, 왜 이렇게 운이 없냐.

류지는 다급하게 다시 한번 같은 버튼을 클릭했다. 그러자 이번엔 모래시계 마크가 나왔다. 류지는 기도하는 심정으로 빙글빙글 돌아가는 그 모래시계를 쳐다봤다. 다행히 이번에는 화상이 나왔다. 마음을 놓을 틈도 없이 류지는 말을 이어갔다.

"CT에서는."

마우스를 움직여서 어제 사토가 가르쳐준 충수를 표시했다.

"이 부분에 비대해진 충수가 보이며, 이 부분에 분석이 보입니다.

이상의 소견으로 급성충수염으로 진단됩니다."

이와이가 귀 옆을 긁적이면서 하품을 하며 "치료방침은?"이라고 물었다.

"네, 오늘 충수 절제술을 할 예정입니다."

"왜 어젯밤에 안 했어?"라고 누가 말했다.

류지는 누가 그 말을 했는지 알 수 없었는데 사토는 "증상이 비교적 안정적이었고 심장외과의 응급 수술이 있어 수술방 일손이 부족했기 때문에 오늘 준응급 수술로 해도 좋다고 제가 판단했습니다"라고 CT 영상을 보며 담담하게 얘기했다. 한 발짝도 물러서지 않겠어, 내 판단은 틀리지 않았어. 사토의 옆모습이 그렇게 말하고 있었다.

"문제없겠는데. 오늘 해, 사토."

계속 침묵하던 스고 부장이 그렇게 말했다. 그러고는 "그지?"라고 하면서 류지의 엉덩이를 툭 치며 사토를 봤다. 스고는 싱글벙글 웃고 있다.

"네, 그러려고요."

'이게 무슨 의미일까? 설마, 설마…….'

"그럴 예정으로 수술방과 마취과에도 연락해 두었습니다. 9시 입실로 척추마취와 가벼운 세데이션(진정)으로 할 생각입니다."

"역시 사토야."

이와이가 놀리는 듯한 말투로 말했다.

"그럼 이것으로 오늘 콘퍼런스를 마치도록 하겠습니다."

문이 열리자 눈부신 햇살이 회의실 안으로 들어왔다. 어두운 회의실에 계속 있었던 데다가 심한 수면 부족 상태였던 류지는 너무나 눈이 부셔 눈을 가늘게 뜨고서 프로젝터와 전자 차트를 주섬주섬 정리했다.

*

폭…… 폭…… 폭…… 폭…….
시원한 수술방에서는 좀 전까지 시끌벅적 간호사와 마취과 의사가 이것저것 정보를 교환하고 있었다. 그러나 지금은 말하는 이가 아무도 없었다. 외과의 세 명은 말없이 소독했다. "오케이, 그럼 시작하자." 이와이가 말했다.
"메스 주세요."
류지의 눈앞에는 파란 시트에 둘러싸인 하얀 뱃살이 지름 30센티 정도의 타원형으로 드러나 있었다. 오른쪽에는 막 제모를 한 듯한 음모가 벌채된 숲에 남겨진 나무들처럼 듬성듬성 나 있다. 왼쪽에는 배꼽이 다소곳이 자리 잡고 있다.
메스를 잡은 류지의 손이 약간 떨리고 있다.
"그럼 시작하겠습니다."
수술개시를 알리는 아날로그 감성의 빨간 램프가 켜졌다.
조용한 수술방에 내 목소리만이 울려 퍼진다.
"메스 주세요."
지금까지 몇 번이나 이 장면을 상상해왔을까. 의대생 때부터 얼마나 기다려왔던 순간이던가.

기구를 내주는 간호사(수술방에서 외과의와 같은 복장을 하고 수술 도구를 외과의에게 건네는 전문 간호사)가 메스를 건네주었다. 메스가 이렇게나 무거웠던가. 병동에서 쓰는 작은 일회용 메스와는 전혀 달랐다. 손잡이에는 미끄럼 방지용으로 덩굴 모양의 희한한 무늬가 새겨져 있었다. 여기에 메스의 칼날을 장착해서 사용한다. 아마 지금까지 몇천 명, 몇만 명의 살을 갈라온 메스일 것이다.

제1 조수(환자를 사이에 두고 집도의의 바로 앞에 서 있음)의 사토가 말없이 피부에다 '여기부터 여기를 자르라'는 표시를 했다. 메스를 '바이올린 활 파지법'으로 잡는다. 교과서에서 본 것처럼 그리고 볼펜으로 무수히 연습해왔던 것처럼 잡는다. 하얀 피부는 소녀의 인격을 상실했다. 잘라야 할 피부와 절제해야 할 충수가 되었을 뿐이다.

메스를 살짝 피부에 얹고 천천히 표시된 부분까지 자른다. 이상하다, 생각보다 잘 안 잘리네…….

"다시 잘라봐."

"네."

지시대로 다시 한번 잘랐다. 그러자 이번에는 잘렸지만 피가 많이 나왔다.

이와이 선생님이 거즈로 바로 닦아냈다.

사토 선생님이 건네준 '유구포셉'이라는 포셉forcep으로 피부를 잡고 당긴다. 나와 제1 조수가 똑같은 힘으로 당겨서 가운데를 '보비'로 자르면 된다. 그런데 보비에는 버튼이 2개 있었다. 어느 쪽을 누르면 되지?

"노란색이 절개니까 먼저 노란색부터 눌러."

사토 선생님은 내 마음을 다 읽고 있나?

삐~~~.

절개됐다. 꽤 쉽게 절개되네.

연기가 피어오르며 노란색 지방이 보이기 시작했다.

"이쪽 태워"라고 이와이 선생님이 말했다. 태우라는 건 보비로 지지면 된다는 뜻이겠지, 아마.

류지는 시키는 대로 지시받는 대로 보비를 갖다 대자 지방이 잘리고 근막이 잘리고 복막이 잘리면서 배가 열렸다.

"운드리트렉터wound retractor 있어요?"

사토가 말하자 간호사가 건네준 리트렉터를 뻥 열린 구멍에 장착했다. 운드리트렉터란 투명한 비닐 재질로 된 통 모양의 시트 같은 것으로, 양쪽에 링이 달려서 막 절개한 상처를 완벽하게 덮을 수 있다.

"아뻬 수술은 농양이 흘러나와서 더러워질 가능성이 있기 때문에 절개부위를 이걸로 보호하는 거야."

'이건 완전히 꼭두각시나 다름이 없구나. 아무리 처음이라지만 좀 더 주도적으로 해보고 싶은데. 하지만 뭘 어떻게 해야 할지 아는 게 전혀 없으니……'

아마 이제부터 아뻬를 찾아내서 절제하겠지. 아, 사토 선생님이 배 안에 손가락을 넣었다. 대단하다, 사람 배 안에 손가락을…… 뭔가 질척거리는 느낌이다. 왜 손가락은 휘젓고 있으면서 시선은 먼 산을 바라볼까? 시각으로 들어오는 정보를 최소로 줄이고 손끝에 정보처리능력을 집중하기 위해서일까? 어쨌든 지금의 나는 아무것도 할 줄 아는 게 없다. 기다리는 수밖에. 꾸욱꾸욱, 꾸욱꾸욱. 나도 좀 해보고 싶다. 아, 뭔가를 꺼냈다. 지저분해 보이지만 크기는 엄지손가락만 하네……. 하얀 농이 들러붙은 이 지저분한 것이 설마 아빼인가? 아마 그렇겠지? 저렇게 지저분한 게 몸속에 있었다니, 그러니 저렇게 아플 수밖에.

"미안, 꺼내버렸네. 뭐, 류지 선생은 처음이니까. 이게 아빼야."

역시 맞았다. 나머지는 지난달 어펜덱토미(충수절제술) 때 사토 선생님이 하던 것과 똑같았다. 켈리라 불리는 집게로 근위부를 한 번 집고 비켜서 원위부를 다시 한번 집고 나서 자른다. 자르고 나서 실로 꿰맨다.

"켈리 주세요."

"오, 제법 폼 나는데?"

이와이가 놀렸지만 반응할 여유가 없었다.

"이걸로 아빼를 집고 좀 더 아래에서 집어."

"네."

다시 한 번 집고 "여기면 될까요?" 물어보며 집었다.

'뭘로 자르는 거였더라……?'

류지가 잠시 멈추자 "아메노한테 메스 다시 줘"라고 사토가 간호사에게 지시하며 류지를 도왔다. 류지는 메스로 충수를 잘라내자 기쁜 나머지 충수를 왼손으로 잡은 채 얼굴 가까이에 갖다 대며 자세히 들여다봤다.

"더럽잖아! 빨리 내려놔!"

"죄송합니다."

내리라는 게 무슨 뜻인지 잘 몰랐지만 류지는 일단 그것을 간호사에게 건넸다.

"투 제로 실크(2-0 견사)."

사토가 말하자 간호사가 하얀 실을 사토에게 건넸다. 눈으로 좇아갈 수 없을 만큼 빠른 손놀림으로 사토가 실을 묶고 "됐어"라고 말했다. 류지는 무슨 뜻인지 몰랐지만 켈리를 풀었다. 이번에는 맞았나 보다.

"나머지는 쓰리 제로 바이크릴로 근부를 쌈지 봉합한다. 쌈지 봉합해본 적 있어?"

"아니요, 아직 없습니다."

"그럼 맨 처음 부분만 잠깐 해볼 테니까 잘 봐."

사토는 그렇게 말하고는 재빨리 장에 바늘을 찔렀다가 다시 빼냈다.

"이 정도의 위치에다 바늘을 깊게 찔러. 아뻬는 장이 흐물흐물하니까 확실한 데에 바늘을 찔러야지, 안 그러면 찢어지면서 재수술해야 할 수 있어."

"네."

그 후로는 무아지경이었다. 아무 생각도 안 들었고 아무 말도 할 수 없었다. "찢어져서 재수술할 수도 있다"는 사토의 말이 너무 무서웠다. 내 실수 때문에 환자가 큰 고통을 당하는 것만큼은 어떻게든 피하고 싶었다. 어젯밤 응급 외래를 찾아온 이 아야라는 이름의 소녀를, 내가 겨우 진단을 내린 이 환자를, 내 손으로 직접 수술하고 있다. 모든 책임은 나에게 있다. 그래서 류지는 집중했다. 아마도 이제까지 살아온 인생 중에서 가장 집중했던 것 같다.

비록 대수롭지 않은 충수염 수술이었지만 류지는 지금까지의 인생을 집대성하듯 바늘 한 땀 한 땀에다 정성을 실었다. 그만큼 진지했다. 온몸의 모공이 꽉 조이고 등에 난 솜털마저 돋으면서 모든 감각이 손끝에 모였다. 어느새 류지는 땀범벅이 되어 있었다. 모자가 흠뻑 젖어 색이 변할 정도였다.

"어, 그래, 좋아. …… 생각보다 잘하는데?"

사토가 말했다. 꿰맨 것은 5바늘, 2분 정도였지만 류지에게는 마치 1시간이 지난 것처럼 느껴졌다. 마지막 한 바늘을 꿰매고 바늘을 뺄 때 류지의 무릎이 꺾이면서 몸이 크게 휘청거렸다.

"야! 정신 차려!"

사토가 고함을 질렀다.

"죄송합니다. 괜찮습니다."

"쓰러지면 안 돼, 오늘은."

마스크 밑으로 사토가 말하면서 웃고 있는 게 보였다.

"죄송합니다. 안 쓰러질게요."

류지도 말하면서 같이 웃었다.

그 후로는 뱃속을 거즈로 닦아내고 오염이 없는 것을 확인한 후 글러브를 바꿨다.

"그럼 난 나갈게. 나머지 부탁해!"

이와이는 파란 가운을 벗고 수술방에서 냉큼 나갔다.

서로 마주 보는 상태로 류지와 사토 두 사람이 남았다. 조금 긴장되었지만 몇 가지 막과 피부를 꿰매면 모두 끝난다.

다 꿰매자 사토가 큰 소리로 "수고하셨습니다!"라고 말했다. 원래는 집도의가 수술을 끝낼 때 말하는 멘트였다. 자신이 집도의라는 걸 깜빡했던 류지는 당황하며 "수고하셨습니다"라고 말했다.

"수고했어. 오늘 나랑 이와이 선생은 밤에 연구회가 있어서 일찍 퇴근하니까 나머지는 부탁할게"라고 말하며 사토는 수술방을 나갔다.

상처에다 밴드를 붙이고 류지는 글러브와 가운을 벗었다. 그리고 아야의 얼굴을 봤다.

"환자분, 수술 다 끝났어요."

"네……."

진정제를 투여해서 그런지 아직 정신은 몽롱한 듯했다.

어쨌든 수술은 끝났다. '끝나지 않는 수술은 없다'고 예전에 누군가가 했던 말이 떠올랐다. 이 말은 아마 더 어렵고 까다로운 수술에다 하는 말일 것이다. 그럼에도 류지는 이 말이 생각나면서 오늘 수술도 역시 끝났구나 싶었다.

벽시계는 '수술시간 : 57분'이라고 표시되어 있었다. 겨우 57분이었는데도 꽤 긴 시간처럼 느껴졌다.

수술방 간호사가 "환자분, 수술 끝났어요! 일어나세요!"라고 큰 목소리로 말했다. 아직 반응은 없는 듯했다.

어쨌든, 끝났다. 응급 외래에서 진찰하고 아뻬로 진단 내리고 수술을 했다. 다행히 잘 회복되고 있는 듯하다. 앞으로 더 잘 관찰해봐야겠지만 일단 치료는 끝났다. 그렇게 안심이 되자 갑자기 맹렬한 졸음이 몰려오면서 류지는 수술방 바닥에 그대로 주저앉아버렸다. 그리고는 코를 골며 곯아떨어지고 말았다.

*

그 이틀 후 류지는 아야에게 식사 오더를 내렸다. 다행히 경과는 양호했고 이틀 더 있다가 아야는 퇴원했다.

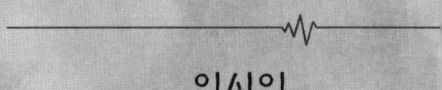
이시이

류지는 그 뒤로도 바쁠 때는 의국 소파에서 잠을 자고 집에는 가끔 들어가는 생활을 계속하고 있었다.

"아침인데 너무 덥다, 아메 짱."

가와무라가 옅은 파란색 줄무늬 셔츠에 하얀 반바지 차림으로 나타났다.

"아, 안녕. 가와무라."

낡아서 군데군데 닳아버린 소파에서 류지가 눈을 비비며 일어났다.

"또 소파에서 자 버렸네. 지금 몇 시야?"

"아직 6시밖에 안 됐어. 아무도 안 왔네."

"그러네."

류지는 눈에 달라붙은 소프트렌즈를 뺐다. 렌즈를 낀 채로 자 버리는 바람에 렌즈가 각막에 달라붙어 뗄 때 조금 아팠다. 류지가 멍한 상태로 소파에서 일어났다. 곰팡이 냄새가 나는 소파 아래에는 역시 곰팡이 냄새가 나는 타월 담요가 둘둘 말린 채 놓여 있었다. 잘 때는 분명 덮고 잤던 것 같은데 자는 사이에 걷어찬 듯했다. 류지는 가고시마 출신이었지만 더위를 심하게 탔다.

"아메 짱은 왜 맨날 의국 소파에서 자? 집에 안 들어가?"

"그러게. 생각해보니까 집에 안 들어간 지 며칠 됐네. 일 끝나고 여기 들어오면 너무 피곤하니까 그냥 소파에 누워버리거든. 조금 책이나 볼까 하고 책만 펼쳤다 하면 졸음이 쏟아져서 그대로 자 버리는 거 같아."

"그렇군. 근데 그러면 피곤이 잘 안 풀리잖아."

"아니, 생각보다 괜찮아. 이렇게 사람 있는 곳이 더 마음이 편해서."

"특이하네."

"뭐, 따로 출근을 안 해도 되니까 편하기도 하고."

"그래도 이렇게 너무 오래 병원에 있으면 초과근무시간이 길어진다고 병원에서 싫어할걸?"

"그래?"

"어. 저번에 연수위원회에서 어떤 선생님이 그러시더라. 인턴 초과근무시간을 줄인다고."

"전혀 몰랐네. 저번 위원회 때 완전히 졸았거든."

"그 뭐야, 요새 인턴 과로 문제로 시끄러웠잖아. 이 병원도 일을 꽤 많이 시키는 편이니까 문제가 불거지기 전에 미리 바꾸자는 작전인가 봐."

"그렇구나. 기뻐해야 하는 건지 슬퍼해야 하는 건지 모르겠네. 하지만 무조건 빨리 퇴근하라는 것도 좀 그렇다."

'난 지금이 좋은데.'

대화를 끝내고 류지는 병동으로 갔다.

언제나처럼 채혈을 하고(이날은 8명이나 됐다) 병동에서 업무를 보고 있는데 간호사인 요시카와가 말을 걸어왔다.

"선생님, 안녕하세요!" 하며 류지의 등을 탁 때렸다.

"아, 안녕하세요."

"왜 맨날 표정이 그래요? 또 의국에서 주무셨어요? 선생님, 저한테 뭐 할 말 없어요?"

요시카와가 안 그래도 큰 눈을 한층 더 크게 뜨며 물었다.

"네?"

무슨 뜻인지 이해하지 못한 류지가 눈을 깜빡거렸다.

"뭐⋯⋯요?"

"에이, 선생님도 참. 오늘 제 유니폼 색이 바뀌었잖아요. 그 정도는 눈치채셔야죠."

"죄송합니다."

그렇게 말하면서 자세히 보니 평소의 하얀 유니폼이 아니라 핑크색 유니폼을 입고 있었다.

"뭐, 선생님이 저한테 관심이나 있겠어요?"

요시카와가 놀리듯이 말하면서 저쪽으로 가버렸다. 뭐가 그렇게 즐거운지 류지는 알 수 없었지만 그래도 덕분에 축 처졌던 기분이 한결 가벼워진 것 같았다.

사실 류지는 어제부터 마음이 무거웠다. 왜 그런지는 스스로도 잘 알고 있었지만 애써 생각하지 않으려고 노력했다. 오늘은 젊은 환자에게 증상을 설명하기로 되어 있었다. 나이가 꽤 젊은 환자로 류지와 동갑이었지만 이미 대장암 말기였다. 물론 아직 인턴인 류지는 혼자서 설명할 수 없었으므로 상사인 이와이가 설명하는 자리에 동석하기로 한 것이다.

약속한 시간이 되어서 류지는 이와이에게 전화했다.

"선생님, 아메노입니다. 설명하러 가실 시간입니다."

"아, 바로 갈게."

이와이는 어딘가 조용한 곳에 있는 듯했는데 기분은 그리 나빠 보이지 않았다.

"이쪽으로 앉으세요."

이와이가 안내하자 잠옷 차림의 젊은 남자와 부모가 설명용 상담실 의자에 앉았다. 그들이 앉은 둥근 의자에는 등 받침이 없었다. 반면 이와이와 류지의 의자에는 등 받침이 있었는데 류지는 그 점이 조금 불편했다.

"그럼 증상에 대해 설명드리겠습니다."

그렇게 이와이가 설명을 시작했다.

"이시이 씨는 아시다시피 대장암입니다."

25세의 그 환자는 눈이 가늘고 얼굴이 하얬다. 하얀 턱에는 수염이 듬성듬성 나 있었다. 얇은 하늘색 잠옷을 입은 그의 몸은 병 때문인지 심하게 말라 있어서 마치 종잇장처럼 얇아 보였다. 이시이는 입을 반쯤 벌린 채 뚫어져라 이와이를 쳐다보며 그의 한 마디 한 구절을 놓치지 않으려는 듯 경청하고 있었다.

"이시이 씨는 현재 스테이지 IV라고 해서 암이 마지막 단계까지 진행된 상태입니다. 이 단계에서는 수술로 제거하는 게 불가능합니다. 이미 간에 전이되었고 복막파종이라고 해서 뱃속에도 자잘한 전이가 있습니다. 폐에도 여러 군데 전이되어 있고요."

이시이의 오른쪽에 앉은 그의 어머니가 분홍색 핸드백 손잡이를 꽉 쥐었다.

"지금까지 화학요법 그러니까 항암제를 계속 써왔는데, 거의 모든 종류의 약제를 다 사용한 상태입니다. 더 이상 써봤자 부작용만 생길 뿐 효과가 없기 때문에 항암제 치료는 이번에는 중단할 예정입니다."

류지는 순간 두 다리를 짧게 떨었다.

"지금부터는 통증 등의 증상을 완화시키는 치료가 주가 될 것입니다."

제가 드릴 말씀은 여기까지입니다, 라고 이와이가 말했다.

이시이라 불리는 그 환자는 고개를 숙였다. 류지는 자기 정면에 앉아 있는 환자의 어머니를 봤다. 어머니도 고개를 숙이고 있었다.

"알겠습니다, 감사합니다."

어머니가 인사했다. 그리고 셋은 방을 나갔다.

"'이번'에는 중단이라니, 그런 말이 어디 있어? 무슨 뜻으로 그러는 거야? '다음번'이 있기라도 해?'

류지가 그런 생각을 하고 있는데 이와이가 입을 열었다.

"부모님만 다시 모시고 와."

"알겠습니다."

류지는 병실로 가서 죄송하지만 부모님만 잠깐 뵐 수 있을까요, 라고 물었다. 모두 고개를 숙인 채로 있었다.

부모가 상담실로 돌아와 방금 전에 앉았던 둥근 의자에 다시 앉았다. 이와이는 전자 차트의 키보드를 탁탁 치고 있었다. 류지가 문을 닫자 이와이가 말을 시작했다.

"아, 다시 오시게 해서 죄송합니다. 아까 말씀드렸던 이야기를 계속하겠습니다. 지금부터 드리는 말씀은 현재로서는 환자분께 하지 않을 생각입니다. 이시이 씨가 앞으로 얼마나 버티실 수 있는지에 대한 이야기라서요."

"네."

환자의 어머니가 작은 목소리로 대답했다.

"간에 전이된 부분이 꽤 큰데다가 셀 수 없이 많아서 간의 대부분이 암세포로 덮여 있는 상태입니다. 이것이 더 커지면 황달이 생기기 때문에 좋지 않습니다. 그리고 복막파종 그러니까 뱃속에 퍼진 암 말인데요. 이것도 무수히 많은 상태로 금방 복수가 차서 장이 움직이지 않게 될 겁니다. 그렇게 되면 식사를 할 수 없게 됩니다. 그리고 폐에도 전이가 많아서 이쪽도 위험한 상태입니다. 그래서."

부모는 말없이 듣고 있었다. 이와이가 이어서 말했다.

"길면 한 달 빠르면 몇 주 이내일 가능성도 있습니다."

'말을 어떻게 저렇게 매정하게 하지? 좀 더 다르게 말할 순 없나? 가족이 받아들이기 수월하게 설명할 수 없나?'

"저기……."

계속 아래만 내려다보고 있던 어머니가 고개를 들면서 입을 열었다.

"그나마 기력을 쓸 수 있는 시간이 그 정도 남았다는 건가요?"

그렇게 묻는 두 눈은 크게 뜨여 있었고 목소리는 갈라져 있었다. 이와이는 틈을 주지 않고 바로 대답했다.

"아니요. 살아 있을 가능성, 을 말씀드리는 겁니다."

어머니의 표정이 확 굳어버렸다.

도쿄 도심의 오래된 병원에 있는 좁은 방 안에서 넷은 말이 없이 앉아 있었다. 부모는 얼어붙은 듯 움직임이 없었다. 류지는 테이블에 놓인 부모의 손을 봤다.

꾸깃꾸깃한 황토색 셔츠의 소맷자락에서 고목처럼 뻗어 나온 아버지의 손등은 뼈가 튀어나와 있었다. 손톱은 갈색으로 변해있었고 새끼손가락 손톱만 유독 길었다. 하얀색 판에 숫자가 새겨진 손목시계의 검은색 가죽 줄은 사이즈가 맞지 않아 헐렁해서 시계가 마치 팔에 대롱대롱 매달려 있는 것 같았다.

어머니의 다섯 손가락은 마치 통통한 소시지처럼 생겼다. 옛날엔 금색이었겠지만 지금은 색이 바랜 반지가 검지와 약지에 끼여져 있었다. 주름 하나 없이 팽팽하게 부은 손등에는 얼룩덜룩 검버섯이 피어 있었다. 손목에는 역전에서 1,000엔 정도에 팔 법한 가느다란 빨간 줄이 달린 손목시계가 채워져 있었다.

아닙니다. 살아 있을 가능성, 을 말씀드리는 겁니다.

문밖에서 드르륵 배식 카트를 미는 소리가 들렸다. 전자 차트에는

'부모님과 본인에게 설명, 간전이, 파종이 있어 항암은'에서 멈춘 입력 도중의 글자가 조용히 깜빡거리고 있었다.

10초 정도 지났을까, 이와이가 더는 참을 수 없다는 듯 말을 이어갔다. 류지는 아래를 보고 있었다.

"그래서 앞으로는 통증 완화를 중심으로 한 치료를 해나갈 계획입니다."

아무도 대답하지 않았다.

잠시 뒤 어머니가 "네, 잘 부탁드릴게요"라고만 말하고는 깊이 머리를 숙였다. 너무 고개를 숙여서 이마가 책상에 부딪힐 뻔했다. 아버지도 가볍게 목례만 하고 아무 말도 하지 않았다.

환자의 부모가 방을 나가자 이와이가 한숨을 크게 쉬었다.

"첫 번째 증상설명은 내가 차트에 써놨으니까 이번 건은 네가 써라."

"알겠습니다."

류지가 대답했다.

'이번 건을 나보고 쓰라고……?'

이와이가 방에서 나가자 류지는 그 방에 혼자 덩그러니 남게 되었다.

흰색 벽, 부모가 나갈 때 도로 집어넣은 둥근 의자, 전자 차트 화면. 창문도 없고 안내문도 없고 그림 하나 걸려 있지 않은 그곳은 흡사 특수심리실험실 같은 밀실을 연상케 했다.

어떻게 해야 할까. 어찌할 도리가 없지. 그가 암에 걸린 특별한 이유는 없다. 그가 나을 가능성은 '제로'다. 아니, 어쩌면 기적 같은 일이 일어날 수도 있다. 아니, 그럴 리가 없다. 저 부모님. 한두 달 뒤 아들을 먼저 저승으로 보내야 한다는 것이 확정된 저 부모님은 오늘부터 무엇을 먹고 마실 수 있을 것이며 어떤 표정을 지으며 아들과 대화를 나눌까. 희망도 구원도 없는, 그저 나빠져만 가는 아들을 보며 나쁜 이야기만 들려주는 의사를 보게 될 몇 주 동안.

생각해보니 의사가 되어 병원에 근무하면서부터 줄곧 이런 이야기들만 들어온 것 같았다. 이 세상은 이렇게 어찌할 수 없는 슬픔으로만 가득 차 있고 이럴 때 의사가 할 수 있는 일은 거의 없다.

가만히 서 있던 류지는 하얀 벽을 주먹으로 쾅 쳤다. 주먹은 아프지 않았다.

*

다음 날 아침 류지는 여느 때처럼 6시부터 몇 차례의 채혈을 마치고서 스테이션으로 돌아와 의자에 털썩 주저앉았다. 마우스 옆에 차가운 녹차 페트병을 놓고 이시이의 차트를 열었다. 에어컨 바람이 땀으로 끈적이는 등을 시원하게 식혀주었다. 차트에는 지난밤 쓴 글이 입력되어 있었다. 그런데 꼭 남이 쓴 차트처럼 생경하게 느껴졌다.

[부모님께만 증상을 설명]
간 전이가 있으며 이것이 커지면 황달이 올 가능성이 있음. 또한 셀 수 없이 많은 복막파종 때문에 복수가 차면서 일레우스가 될 가능성도 예상됨. 폐

전이도 다수 인정됨. 환자의 생명 예후는 매우 나쁘며 길면 1개월 짧으면 주 단위일 것임. 앞으로는 증상을 완화하는 치료가 메인이 될 것임.

- 이상 이와이 의사가 설명, 부모 동의받음. 동석자 아메노. -

마지막에 있는 '동의받음'을 보고 류지는 기분이 언짢아졌다. 도대체 뭐에 대해 동의를 받았단 말인가. 그런 설명을 듣고서 '아, 그래요'라고 동의하는 부모가 대체 어디에 있단 말인가.

교과서에는 '환자의 질문이나 반응 등을 있는 그대로 차트에다 기재할 것'이라고 나와 있다. 그렇다면 '울 것처럼 보였다, 쇼크를 받았다'라는 말이라도 쓰라는 말인가. 이런 말을 차트에 남겨도 되는 것일까. 대학에서는 차트에 치료와 관련된 의학적 사실만 객관적으로 써야 한다고 배웠는데 말이다.

지난 몇 달간 인턴 생활을 하면서 류지 내면에는 주어진 일을 100% 지시대로 완벽하게 해내고 싶다는 마음을 넘어서 그 이상의 무언가를 해내고 싶다는 마음이 싹트기 시작했다.

이 대립하는 마음을 어떻게 절충해야 할지 막막했지만 그렇다고 모르는 척할 수도 없었다. 류지는 어떻게 해야 좋을지 몰랐고 한편으로는 아직도 혼자 힘으로는 아무것도 할 수 없다는 사실에 조바심이 났다. 아무튼 하루라도 빨리 제대로 된 의사가 되어야 해. 그런 생각이 들기도 했지만 제대로 된 의사가 된다고 과연 이 마음속의 대립을 해결할 수 있을까 의문이 들기도 했다.

류지는 땀처럼 겉면에 물기가 송골송골 맺힌 녹차 페트병을 손에 들고 벌컥 들이켰다. 차가운 녹차가 인두를 지나고 식도를 타고 내려갔다. 식도와 위의 경계 부분이 차가워지면서 곧바로 녹차가 위장으로 왈칵 들어가는 것이 느껴졌다. 위장은 류지의 의지와 상관없이 움직이며 녹차와 노란 위액을 섞기 시작했다.

후우 하고 한숨을 쉬고서 류지는 다른 환자의 차트를 체크했다. 이른바 '온도판'이라 불리는 체온이나 혈압, 요량, 변 횟수, 식사량 등이 기재된 차트였다. 환자 한 명 한 명을 클릭하면서 담당환자 전부를 체크했다. ICU에서 나온 지 얼마 안 된 다쿠마는 항상 아침에 오자마자 첫 번째로 보고 있기 때문에 더 새로운 정보는 없었다. 상태가 별로 나아지지 않았지만 안정적이었다. 사토도 '나쁘지만 안정적'이라고 했다.

온도판에서 발열이 확인된 환자의 병실로 갔다.

"괜찮아요. 어제 수술하셨으면 보통 다음 날에 열이 나기도 하거든요."

이제야 겨우 입에 달라붙은 멘트를 하고 나서 바로 이시이 병실로 갔다.

4인용 병실로 들어서자 이시이는 이미 일어나 침대 등받이를 세워 휴대폰을 보고 있었다.

"안녕하세요."

말을 건네기 전까지 이시이는 류지가 들어오는 걸 눈치채지 못했다.

"아, 안녕하세요."

이시이는 입가에 미소를 지으며 휴대폰을 배 위에 엎어놓았다.

"몸은 좀 어떠세요? 잠은 잘 주무셨어요?"

"요즘 좀 구토 끼가 있어서 밤에는 잠을 잘 못 잤어요."

이시이는 하얀 턱에 듬성듬성 난 수염을 만지고 있었다. 류지는 속으로 면도 좀 하지, 라고 생각하며 이야기를 계속했다.

"그랬군요, 많이 힘드셨겠어요."

"네."

"토하셨나요?"

"아니요, 토는 안 했어요. 근데 가끔 왈칵 올라오면서 토할 뻔할 때가 있어요."

"그렇군요…… 잠깐 배 좀 볼게요."

류지는 그렇게 말하고는 이시이가 덮고 있는 이불을 걷었다.

"네."

잠깐만요, 하면서 류지가 잠옷을 들어 올리고 바지를 내리자 돔구장처럼 빵빵하게 부어오른 배가 나왔다.

'이건…… 지난번이랑 완전 다른데…….'

류지는 애써 태연한 척하며 배를 중지로 타진했다. 탕, 탕, 하며 북 치는 소리가 났다.

"꽤 부으셨네요."

"그러게요. 방귀도 요즘은 거의 안 나와요."

"네? 방귀가 안 나온다고요?"

류지가 무심코 큰 소리로 말하자 이시이가 불안한 얼굴로 "안 좋은가요?"라고 물었다.

'아차, 나도 모르게 본심이 튀어나와 버렸네.'

"아니에요, 별것 아닙니다"라고 말했지만 웃는 표정은 지을 수 없었다.

"혹시 모르니까 오늘은 엑스레이를 찍도록 하죠."

"네. …… 으윽. 또 토할 거…….'"

이시이의 얼굴색이 점점 파래졌다. 당장이라도 토할 것 같았다.

"네? 괜찮으세요? 잠깐만, 뭐 좀 갖다 드릴……."

급히 침대 옆을 살피자 편의점 비닐봉지가 보여서 바로 이시이 입가에 갖다 댔다.

"이제 토하셔도 돼요!"

대답하기도 전에 이시이가 토했다. 녹색을 띤 액체들이 입에서 왈칵 뿜어져 나왔다. 너무나 많은 양을 토해내서 비닐봉지가 금세 꽉 차버렸다.

그렇게 많이 토했는데도 이시이는 그 후로 한동안 몇 번을 웩웩거렸다.

"아직…… 많이 힘드시죠. 더 토하실래요?"

"이제 괜찮아요."

이시이가 완전히 새파래진 얼굴로 대답했다.

그럼 입안을 좀 헹구세요, 류지는 그렇게 이야기하고는 비닐봉지를 오물실에 버렸다.

'저건 아무래도 일레우스가 온 것 같은데…….'

그런 생각이 스쳤지만 엑스레이를 찍고 나서 생각하기로 했다.

*

그날 오후 엑스레이 사진을 보고서 류지는 깜짝 놀랐다. 의대 시절 공부했던 '일레우스의 전형적인 엑스레이상인 니보(경면형성)' 그 자체였기 때문이다. 일레우스란 장의 움직임이 없어지거나 막힌 결과 장 내용물이 항문 쪽으로 가지 못하는 상태를 말한다. 심하면 배가 팽만해지면서 입으로 토하게 된다.

이와이에게 전화로 이를 알리자 이와이는 토해? 몇 번 토했어? 배는 아프대? 라고 몇 가지 질문을 하더니 마지막으로 "설명하고 관 집어넣어"라고 말했다.

비위관 혹은 NG tube 이른바 콧줄이라 불리는 긴 빨대 같은 관이 코에서 60센티 정도 들어가 끝을 위 속으로 넣어 위 내용물을 관으로 빨아내어 구토하지 않도록 하라는 지시이다. 이 관을 코로 집어넣는 것은 인턴인 류지가 겨우 혼자서 할 수 있게 된(즉 지도하는 의사의 동석 없이) 두 가지 의료행위 중 하나였다. 다른 하나는 물론 채혈이다.

류지는 관과 주사기가 들어있는 '서피드'라고 쓰인 봉투를 들고 이시이의 병실로 갔다. 이시이는 늘 있던 곳이 아닌 스테이션과 가까운 병실로 옮겨진 상태였다.

그곳은 예전에 94세 위암 환자분이 있던 병실이었다. 그는 그 콘퍼런스가 있고 며칠 후 다른 병원으로 전원했다. 그 병원에서는 적극적인 치료를 받지 않고 결국 두 달 정도 있다가 돌아가셨다고 했다.

"실례합니다."

그렇게 말하며 류지가 커튼을 열었다.

"아, 선생님, 안녕하세요."

이시이는 옆으로 누워 있었다. 컨디션이 안 좋아 보였다. 목소리에도 힘이 없었다.

"제가 좀 늦었죠."

"아니에요. 전혀."

이시이는 눈을 가늘게 뜨며 힘없이 웃었다.

"엑스레이를 봤는데요."

"네."

"아무래도 일레우스인 것 같습니다."

"아, 네."

이시이는 일레우스라는 말을 알아듣지 못한 듯했지만 얼굴에 희미한 미소를 지었다.

"이대로 놔두면 계속 토하실 수 있어서 코로 관을 넣어야 해요."

"코로요?"

이시이는 그렇게 물으면서 류지가 들고 있는 봉투를 봤다.

"네, 코로요."

이시이는 잠시 생각에 잠긴 듯 한참 말이 없었다.

'선택의 여지가 없거든요…… 제발 싫다고 하지는 말아주세요…….'

"네, 알겠어요. 어쩔 수 없죠, 뭐."

이시이는 그렇게 말하며 또다시 힘없이 웃었다.

후, 하고 류지는 작게 코로 한숨을 내쉬며 "그럼 지금부터 준비할게요"라고 말했다.

류지는 전동침대의 등받이를 세워서 이시이를 똑바로 앉게 한 다음 봉투에서 관을 꺼냈다. 투명한 글러브를 손에 끼고 관 끝에 키실로카인 젤리(마취 젤리)를 듬뿍 바른 후 "그럼 집어넣을게요"라고 말하면서 오른쪽 콧구멍으로 집어넣었다. 끈적한 느낌이 손끝으로 전해진다.

"이제 침을 꿀꺽 삼켜보세요."

이시이는 가끔 얼굴을 찡그렸지만, 열심히 삼키는 동작을 해냈다. 다행히 관은 수월하게 잘 들어갔고 60센티미터가 들어가자 관에서 노란 위액이 올라오기 시작했다.

'꽤 많이 막혀 있었구나……'

그런 생각을 하며 류지는 서둘러 관에다 백을 연결했다. 백에는 금세 혼탁한 황록색 액체가 흘러나왔다.

'좋아, 더 나와라. 더, 더.'

그런 생각을 하며 류지는 이시이에게 말을 걸었다.

"많이 힘드셨죠. 이제 다 들어갔어요. 이제부터 위액이 나오기 시작하면 배가 들어가면서 많이 편해지실 거예요."

류지는 그렇게 말하면서 꼭 자신을 다독이는 것 같은 느낌이 들었다. 이시이는 축 처진 채 말이 없었다. 이시이의 낮은 코에다 하얀 테이프로 관을 고정하고 나서 류지는 도망치듯 병실을 빠져나왔다.

병실 밖에서 다시 이와이에게 핸드폰으로 전화를 걸었다.

"아메노입니다."

"응."

"지금 이시이 씨한테 콧줄 끼웠습니다."

"알았어."

"이만 끊겠습니다."

5초도 안 되는 대화였다. 이런 일로 일일이 전화하지 마, 하는 것 같은 대답이었다. 하지만 아직 혼자 처치하는 의료행위는 너무 걱정이 되어 꼭 보고해야만 할 것 같았다. 글러브와 관이 들어 있던 봉투를 스테이션 오물함에다 버리고 류지는 다시 이시이 병실로 돌아왔다.

"이시이 씨, 좀 어떠세요?"

병실로 들어가자 조금 전과는 전혀 다른 공기가 공간에서 느껴졌다. 공기 중의 분자가 일제히 자유운동을 멈춰버린 듯한 느낌. 공기는 축축한 습기를 머금고 있었다. 어디선가 느껴봤던 적이 있는 이 공기. 그것도 한두 번이 아닌.

이시이는 눈을 감은 채 침대 등받이에 기대어 앉아 있었다. 관이 들어가서 목과 코가 많이 불편한 모양이었다.

"이시이 씨."

류지가 어깨에 손을 얹으며 부르자 이시이는 그제야 눈을 떴.

"아, 선생님."

코로 관이 들어갔을 뿐인데도 인상이 크게 달라져 있었다.

"배가 많이 편해졌어요."

"그래요?"

순간 기뻤지만 류지는 얼굴에서 기뻐하는 표정을 바로 지워버렸다. 눈앞의 이시이는 하나도 편해 보이지 않았기 때문이다.

'날 생각해서 하는 말인가.'

"선생님."

이시이가 맥없는 목소리로 말했다.

"네."

"이거 언제까지 끼고 있어야 하나요?"

'뭐라고 대답해야 하나…….'

솔직히 앞으로 이 관을 뺄 가망은 거의 없다. 즉 그렇다는 건 죽을 때까지 끼고 있어야 한다는 것을 의미했다. 하지만 그 사실을 본인에게 말할 수는 없었다. 이럴 때 간격을 두고 대답해서는 안 된다. 얼굴색, 목소리 어느 하나 달라져서는 안 된다. 의사는 때로는 연극배우가 되어야 한다.

"관에서 나오는 액체의 양을 보고 결정하도록 할게요."

류지는 끊임없이 입술을 조금씩 혀로 핥았다. 이시이는 류지가 답변이 궁해진 걸 눈치채지 못한 듯했다.

"양이 줄면 바로 빼 드릴게요."

류지는 이시이 표정이 순간 어두워진 것을 알아챘다. 그래서 바로 덧붙였다.

"며칠 내로 뺄 수 있을 거예요."

"그래요? 그럼 참아볼게요!"

이시이 표정이 금세 밝아졌다.

"선생님, 고맙습니다."

류지는 무심결에 거짓말을 하고 말았다. 그럴 가능성은 제로라고 류지는 생각했다. 그러나 실제로는 장액을 줄이는 약제를 사용하면 줄어들기도 하는데 아직 류지에겐 그런 의학적 지식이 없었다.

류지가 스테이션으로 돌아가자 간호사인 요시카와가 있었다.

"선생님, 표정이 왜 그렇게 어두우세요?"

'완전 도사가 따로 없네. 내가 무슨 생각을 하는지 이 간호사는 어떻게 다 아는 거지?'

"아, 지금 이시이 환자분한테 콧줄을 끼우고 왔어요."

"아, 알았다. 실수하셨구나?"

그렇게 묻는 요시카와의 얼굴에 웃음기가 가득했다.

"아니요, 잘했는데."

"그럼 뭐가 문제예요?"

"네? 아⋯⋯."

류지는 잠시 머뭇거리다 이시이가 '얼마나 끼우고 있어야 하는지'를 물어와 순간 말문이 막혔던 것, 하지만 이시이가 눈치채지 못한 것, 그리고 거짓말을 해버린 것에 대해 전부 다 털어놓았다.

"뭐야, 선생님. 그런 것 때문에 그러세요?"

"네⋯⋯."

"선생님, 말씀 잘하신 거예요. 그러는 게 좋다는 생각이 들어서 그러신 걸 테고, 실제로도 환자분이 그 말을 듣고 좋아하셨다면서요."

"아, 네. 아마도요."

"그럼, 잘하신 거예요. 거짓말이 어때서요. 그건 '선한 거짓말'이라 괜찮아요."

"'선한 거짓말'이요?"

"그렇죠. 아니, 선생님. 의대 나오신 거 맞아요? 더 많이 배우신 분이 그것도 몰라요?"

요시카와는 정말 어이없다는 표정을 지으며 계속 말했다.

"제가 설명해드리죠. 세상에는 두 종류의 거짓말이 있어요. 하나는 사람을 속이는 거짓말. 예를 들어서 값을 속여 판다거나 기혼자인데 미혼이라 속이는 것 같이 사기를 치는 거죠. 어떤 건지 아시겠죠?"

류지가 끄덕였다.

"또 하나는 '선한 거짓말'이에요. 이건 사람을 살리는 거짓말이에요. 물론 너무 노골적으로 말도 안 되는 거짓말을 하는 건 안 되죠. 수술을 하는데 수술 후에 하나도 안 아플 거다, 이런 건 안 돼요. 하지만."

요시카와는 일어선 채로 계속 말했다. 류지는 조용히 요시카와의 눈을 쳐다봤다.

"나을 가망이 없는 사람에게 나을 가능성이 아주 조금이지만 남아 있다, 라고 말하는 게 잘못인가요? 가망 없는 사람에게 넌 가망이 없어, 이렇게 고지식하게 말하는 게 더 이상하지 않아요? 물론 가능성으로 따지면 1%도 안 될 수 있겠지만 그걸로 환자가 실낱같은 희망을 품을 수만 있다면 그게 훨씬 좋은 일 아닌가요? 그런 게 바로 '선한 거짓말'이에요."

"선한 거짓말이라……."

"얼굴이 어째 알아들으신 건지, 못 알아들으신 건지 알 수가 없네요. 물론 선생님의 마음도 이해가 돼요. '그럼에도 진실을 숨기는 건 옳지 않다'라고 생각하시는 거죠? 하지만 그럼에도 거짓말이 필요할 때가 있다고 저는 생각해요."

"글쎄요……. 그런가요……?"

"그럼요. 간호사 일을 하다 보면 그런 일은 다반사예요. 암 말기 환자가 '저 얼마 못 살죠?'라고 물어오면 '그런 바보 같은 소리가 어딨어요, 그럴 리가 있나요. 정신 차리세요'라고 가볍게 받아넘기곤 해요. 그런데 이런 거짓말은 정말 필요하거든요."

요시카와는 옆을 보며 계속 말했다.

"단 '선한 거짓말'을 하면 막중한 책임을 떠안아야 해요. 거짓말을 한 상대방의 어떤 것도 수용하겠다는 각오를 해야 하는 거죠. 나중에 거짓말을 했다고 비난받게 되더라도 웃으면서 사과할 수 있는 그런 마음가짐을 가져야 해요. 그게 안 된다면 애초에 해서는 안 되는 거죠."

"…… 저는 그런 각오가 없었는데……."

"괜찮아요, 그냥 말해버렸다 하더라도 지금부터 결심하면 되니까. 선생님은 충분히 하실 수 있어요."

"그럴까요……? 노력해볼게요."

"뭐, 너무 심각하게 생각하지는 마세요. 정말로 관을 빼게 될 수도 있잖아요. 그건 모르는 일이에요. …… 아, 콜이 들어와서 저는 이만 가볼게요."

그렇게 말하고 요시카와는 딱딱 신발 소리를 내며 사라져버렸다.

'선한 거짓말이라…….'

류지는 PC 모니터에 띄운 이시이의 엑스레이 사진을 멍하니 바라봤다. 일레우스의 경면형성(니보)이라고 불리는 직선들이 찍힌 그 사진은 마치 아프리카 대륙의 국경선처럼 보였다.

*

류지는 스테이션에서 차트를 입력하거나 약을 처방하고 있었다. 담당 환자 22명의 차트를 모두 작성하고 나자 시곗바늘은 9시 너머를 지나가고 있었다.

이시이는 괜찮을까? 코에 꽂은 튜브는 불편하지 않을까?

잠깐 병실에 갔다 올까 하는 생각도 들었으나 소등시간이 이미 지난 시간이었다. 만약 자고 있다면 깨우기도 미안하다.

한참을 고민하다가 결국 이시이 병실로 가기로 했다.

똑, 똑. 류지는 노크를 했다. 이시이는 중증환자라 1인실로 옮겨진 상태였다.

"네."

뜻밖에도 안에서 대답이 들려왔다.

슬며시 문을 열자 이시이가 침대 등받이를 세운 상태로 앉아 있었다.

"밤늦게 죄송해요."

"아, 아닙니다. 선생님."

"그 뒤로는 어떠세요?"

"네, 튜브 덕분에 액이 많이 빠져 나와서 그런지 많이 편해졌어요."

튜브와 연결된 백이 꽉 차 있었다. 아무래도 대량의 액체가 나온 듯했다.

"꽤 많이 나왔네요. 잘 됐어요."

"네. 이건 많이 나올수록 좋은 거예요?"

"아니, 뭐 꼭 그런 건 아니지만…… 뭐랄까…… 쌓여 있던 게 많이 나왔으니까 잘 된 거죠."

그렇군요, 하고 이시이는 힘없이 웃었다.

류지가 그럼, 하고 방을 나가려고 하는데 이시이가 더 이야기를 나누고 싶어 하는 눈치였다. 차마 무시하고 나갈 수가 없어서 다시 돌아왔다.

"이시이 씨는 무슨 일을 하고 계세요?"

"저는 대학을 졸업하고 의료기기 회사에 취직해서 근무하고 있었어요."

"아, 그러세요? 그럼 저랑 같은 업계시네요."

"그렇죠……."

왠지 이시이가 눈길을 피해버려서 침묵이 흐르고 말았다. 류지는 어색해져서 "아, 참. 저랑 동갑이시더라구요"라고 말을 꺼냈다.

"아, 진짜요? 그건 몰랐네요. 왠지 반갑네요."

이제 슬슬 가볼까…… 하고 생각하고 있는데 이시이가 다시 입을 열었다.

"선생님. 사실 저는 의사가 되고 싶었어요."

"네? 그랬었군요……."

"네. 근데 센터시험(우리나라 수능에 해당-옮긴이) 점수가 조금 모자라서 의대에 떨어졌어요."

"……."

"집이 가난해 재수를 할 수 없어서 그냥 공학부로 진학했지요."

"그랬군요."
"하지만 뭔가 의료업계와 관련된 일이 하고 싶어서 지금의 회사에 취직했어요."
이시이는 컹컹 기침을 하고서 말을 계속했다.
"그래서 저는 선생님을 보면 정말 너무 부러워요……. 아, 제가 좀 주제넘은 말을 했나요. 의사라는 게 아무나 될 수 있는 것도 아닌데."
"아, 아니요, 괜찮아요……."
"선생님. 선생님은 부디 좋은 의사 선생님이 돼주세요!"
"아, 네!"
류지는 그 자리가 불편해져서 "안녕히 주무세요"라고만 말하고서 재빨리 도망치듯 병실을 빠져나왔다.

*

다음 날 아침 류지는 일찍 이시이 병실로 갔다. 이시이는 한눈에 봐도 축 처져 있었다. 아무래도 밤사이에 상태가 급격히 악화된 모양이었다. 산소마스크를 끼고 숨을 쉴 때마다 얇은 가슴이 어깨와 동시에 위아래로 움직였다. 어깨가 가슴을 억지로 위로 잡아당기는 것처럼 숨을 쉬고 있었다. 어제 그토록 힘없어 보이던 얼굴은 입을 크게 벌린 채 강하게 일그러져 있었다.
"이시이 씨, 괜찮으세요?"
"…………."

더 이상 의사소통은 어려워 보였다. 류지는 주머니에서 청진기를 꺼내고 이시이의 잠옷 단추를 두 개 풀었다. 갈비뼈가 튀어나와 울퉁불퉁한 하얀 가슴은 식은땀으로 젖어 있었다.

고고고 고고고.

이제까지 한 번도 들어본 적 없는 소리가 들려왔다.

'뭐지 이 소리는?'

류지는 청진기를 다시 잡고 또 한 번 가슴에 갖다 댔다. 심하게 마른 가슴은 올록볼록해서 청진기를 제대로 밀착시키기도 어려웠다.

고고고 고고고.

'왜 이러지?'

그 소리는 다름 아닌 중증 폐렴에서 나는 소리였다. 하지만 류지는 그 사실을 아직 몰랐다.

'그런데 산소마스크는 누가 달았을까?'

풀었던 이시이의 잠옷을 채우고 류지는 급히 스테이션으로 달려갔다. 전자 차트로 이시이 차트를 열어보자 기록이 나왔다.

[2:45 위관을 넣었으나 대량의 vomit(구토)로 오연(기도로 넘어감-옮긴이). 흡인했으나 효과 없음. 리저버 10리터로 SpO_2 85%. 삽관 적응 없음. 가족에게 연락 취함. 기재의 이와이.]

어젯밤 당직은 이와이여서 그가 오전 2시 너머에 병동 간호사로부터 콜이 들어와 처치를 한 모양이었다. 류지는 다행이라는 생각이 들면서 동시에 [삽관 적응 없음]이라는 글에서 눈을 뗄 수가 없었다.

삽관이란 기관 내 삽관을 뜻하며 호흡상태가 나빠져 자가호흡이 불가능한 경우나 산소포화도가 떨어질 때 시행되는 처치를 말한다.

새끼손가락 정도 굵기의 튜브를 입에서 공기가 지나가는 길인 기도로 집어넣는다. 삽관을 하면 인공호흡기에 의한 호흡이 이루어지는데 일정 기압에서 일정 농도의 산소를 몇 초간 주입하고 몇 초간 배출시킬 것인지를 설정한다. 생명이 위독할 경우 자주 시행된다.

'삽관을 안 한다는 건 무슨 의미지······.'

"좋은 아침."

선배 외과의 사토 레이가 류지에게 인사를 해왔다.

"아, 안녕하세요."

사토가 이렇게 아침 일찍 병동에 있는 건 드문 일이라 류지는 조금 놀랐다. 설마 나한테도 콜을 했는데 못 받은 건 아니겠지? 그런 걱정이 들면서 순간 식은땀이 흘렀다.

사토는 두 팔을 위로 하고 기지개를 켜면서 "어젯밤에 엄청 고생했어"라고 말했다.

"네, 수고하셨습니다. 방금 병실에서 보고 왔어요."

"이와이 선생님이 당직이었는데 밤에 콜하셨거든."

"아, 그러셨군요."

왜 저를 안 부르시고 선생님을, 하고 질문하려는데 사토가 전부 다 꿰뚫어보고 있다는 듯이 "이와이 선생님이 아메노 선생은 요즘 많이 지쳐 있으니까 미안하지만 나한테 와달라고 부탁하셨어. 아메노, 너 괜찮은 거야?"

사토는 입이 찢어질라 하품을 크게 했다. 그렇게 입을 크게 벌려도 얼굴은 작기만 했다.

'그랬구나. 많이 지쳐 있다고 하신 건 나를 신경 써주시는 건가……? 아니야, 어차피 나를 불러봤자 전혀 도움이 안 되니까 사토 선생님을 불렀겠지. 아마 그럴 거야…….'

"괜찮아요. 선생님, 죄송합니다."

"신경 쓰지 마. 근데 그 환자."

사토는 류지 옆의 의자에 앉으며 "상당히 안 좋아"라고 말했다.

"콧줄 넣었는데도 그렇게나 많이 토하고."

"네…….."

"이와이 선생님은 가족이 오면 얘기하겠다고 하시더라. 아마 삽관은 안 하는 방향으로 갈 것 같아."

"그렇군요…… 차트에도 이와이 선생님이 '삽관 적응 없음'이라고 쓰셨더라구요."

"그치…… 어려워……."

사토는 두 손으로 턱을 괴고 한숨을 쉬었다. 류지는 눈동자만 움직여서 사토의 옆모습을 보았다. 그녀는 여느 때처럼 긴 머리를 하나로 묶은 머리스타일이었다. 그 옆모습이 놀랄 만큼 티 없이 맑고 깨끗해서 류지는 내심 당황하며 눈길을 딴 데로 돌렸다.

아직 아침 6시여서 병동은 쥐 죽은 듯이 고요했다. 이 시간은 야근 간호사가 아침 식사를 배식하러 가기 때문에 스테이션에는 아무도 없다. 스테이션 앞의 회복실 창문 너머로 황금빛 아침 햇살이 들어왔다.

류지는 그 빛을 멍하니 바라봤다.
"솔직히 말해서."
갑자기 사토가 말했다.
"이대로 '스테르'할 거 같아."
"네?"
"길어도 48시간 정도? 젊어서 좀 더 버틸 수도 있겠지만."
'스테르하다…….'
환자가 사망한다는 의미인 독일어 '스테르벤(sterben)'에서 따온 '스테르하다'라는 은어가 류지는 마음에 들지 않았다.
뭔가 환자가 죽는다는 사실을 정면으로 받아들이지 않고 회피하는 것 같은 느낌이 들어서였다.
'선생님, 삽관은 의미 없나요? 적응증에 해당하지 않나요?'
이 말이 목구멍까지 올라왔다. 하지만 말할 수 없었다. 말할 수 없는 나 자신이 왜 그렇게 한심해 보일까.

*

이와이가 병동에 왔을 때는 나이트 근무 간호사가 데이 근무 간호사에게 인수인계하는 중이라 스테이션이 소란스러웠다. 호통을 치는 사람, 피곤에 지친 사람, 화를 내는 사람, 친절한 사람. 끊임없이 울리는 너스콜. 누구도 끄지 않는 모니터 경고음. 계속 울려대는 누군가의 핸드폰 벨 소리.
매일 아침 그런 광경을 볼 때마다 류지는 야전병원이 꼭 이런 분위기와 흡사할 거라고 생각했다.

"좋은 아침."

이와이가 굵은 목소리로 인사하며 스테이션으로 들어왔다. 그러자 혼돈의 카오스가 딱 두 갈래로 나뉘었다. 마치 모세의 기적과도 같았다.

"안녕하세요. 어젯밤은 수고하셨습니다."

류지가 고개를 숙이자 이와이는 "뭐가?"라고 큰 소리로 말했다.

'아차, 저기압이시네.'

"저, 이시이 환자요……."

"난 모르는 일이야, 사토가 했어."

"네."

이와이는 전자 차트로 화상을 보고 있는 듯했다.

"저기, 이와이 선생님."

이와이는 쳐다보지도 않았다.

"죄송하지만 이시이 씨는."

그 순간 이와이는 손을 멈추고 류지 쪽을 노려봤다.

"왜?"

'혼날까……? 그렇지만 꼭 물어봐야겠어.'

"저기, 삽관은…… 안 하실 건가요?"

"차트 안 봤어?"

"아, 아니요, 봤습니다. 그래도……."

"응급으로 삽관할 계획은 없다. 지금은 산소마스크로 상태를 지켜보면서 가족이 오면 물어볼 거야. 가족이 강력하게 희망한다면 그때 다시 생각해본다."
"네."
'가족이 결정한다고? 본인이 아니라?'
"가족이 오면 너도 들어와."
들어오라는 건 설명에 동석하라는 얘기겠지.
"알겠습니다."

*

오후.
병원 밖의 햇살이 강해지면서 도심의 아스팔트를 뜨겁게 달구고 있었다. 병원 주변의 길냥이들은 그늘 어디론가 숨어버렸다.
류지는 지난번 이시이 부모에게 설명했을 때와 똑같은 상담실에 있었다. 옆에는 이와이가 앉아 있었다.
"그래서."
이와이가 말했다.
"대량으로 구토한 것을 오연했기 때문에 아마 회복은 어려울 것으로 보입니다. 만약 삽관하게 되더라도."
맞은편에 앉은 부모의 얼굴을 보며 이와이가 천천히 말을 이어갔다.
"극히 짧은 시간 그러니까 2~3일 정도의 연명만 가능할 것으로 보입니다. 그리고 환자에게 상당한 고통을 주게 될 겁니다."
어머니는 작게 입을 열며 "그렇군요"라고만 말했다.

저번처럼 꾸깃꾸깃한 셔츠를 입은 아버지는 입을 다문 채 아래를 내려다보고 있었다.

이와이의 이야기가 대충 끝나자 방에는 또다시 침묵이 흘렀다.

멀리서 "네. 제가 할 테니까 걱정 마세요!"라고 말하는 간호사 목소리가 들렸다.

류지는 꼼짝도 할 수가 없었다. 마치 방 안에다 석고를 들이부어서 누군가 조금이라도 움직였다간 네 사람의 균형이 금세 깨져버릴 것만 같았다.

이와이는 이 균형을 깨는 건 자신이 아니라 부모 중 한 명이어야 한다고 생각하는 것 같았다. 의사 둘은 미동도 하지 않은 채 그저 얕은 호흡만 하고 있었다.

"그럼 저 아이는 이제 죽는다는 얘긴가요?"

느닷없이 아버지가 입을 열었다. 류지는 처음으로 아버지 목소리를 들었다. 약간 갈라진 목소리였다.

4초 정도 간격을 두고서 이와이가 말했다.

"매우 어려운 상황이라고 말씀드릴 수 있습니다."

"알겠습니다, 그럼 그 삽입인지 뭔지는 하지 말아주세요. 아들내미도 지금까지 아플 만큼 아팠으니까요."

생각보다 또깡또깡하게 말하는 아버지의 모습에 류지는 다소 놀랐다.

"알겠습니다. 앞으로도 할 수 있는 데까지 최선을 다하겠습니다."

"잘 부탁드립니다."

그렇게 말하고 아버지는 어머니를 데리고 방을 나갔다. 어머니는 눈의 초점을 잃은 듯 허공을 바라보고 있었다.

부모가 방을 나가자 이와이는 "차트에다 증상 설명한 내용을 입력해둬"라고 말했다.

"네."

이와이도 방을 나가자 류지는 또다시 독방 같은 공간에 홀로 남겨졌다. 사방이 하얀 벽으로 둘러싸인 창문 하나 없는 방. 최대한 머릿속을 비우고서 류지는 전자 차트를 입력해나갔다.

[부모님께 설명함. "어젯밤 대량으로 구토하여 흡인성 폐렴 발병. 삽관하지 않으면 산소화가 유지되지 못하여 사망할 가능성이 크나 삽관해도 2~3일 정도의 예후 연장만 예상됩니다." 이에 대해 부모님은 "알겠습니다. 삽관은 하지 않아도 됩니다"라고 답변. 삽관은 하지 않을 방침.]

그렇게만 입력하고 즉시 '저장'을 클릭했다. 그리고 바로 이시이 병실로 갔다.

"실례합니다."

류지가 방에 들어가니 부모는 이시이 침대 옆의 둥근 의자에 앉아 있었다. 이시이는 침대 등받이를 세운 상태로 눈을 감고 있었다. 얼굴에는 산소마스크가 끼워져 있었고 숨을 쉴 때마다 가슴이 들어갔다 나왔다 했다. 오른손에는 너스콜 버튼을 쥐고 있었다.

방에는 산소호흡기의 쉬 하는 기계 소리만 흐르고 있었다.

"이시이 씨, 들리세요?"

귓가에다 말을 걸었더니 이시이가 가늘게 눈을 떴다. 소리는 내지 못했으나 약간 미소를 띤 것처럼 보였다. 숨소리에 따라 위아래로 크게 움직이는 가슴께는 잠옷이 조금 벌어져 있었고 그 틈으로 하얀 가슴과 울퉁불퉁한 갈비뼈가 보였다. 류지는 조용히 옷매무새를 다듬어주었다. 손끝이 이시이 가슴에 살짝 닿았다. 눅눅하게 식어 있었다.

부모에게 가볍게 목례하고 류지는 방을 나왔다. 스테이션에는 이와이가 있었다. 류지를 기다리고 있는 듯했다.

"미안한데 오늘 당직 좀 설 수 있나?"

"네, 알겠습니다."

"그래, 고마워. 그리고 임종 때 전화 좀 부탁해. 가능하면 올 테니까."

'뭐, 임종……?'

"네."

"그럼 난 외래 좀 갔다 올게."

이와이는 그렇게 말하고 가버렸다.

'무슨 소리야? 오늘 밤에 상태가 급변할 수도 있다는 얘기야? 그렇게는 안 보였는데…… 설마 그 정도로 상태가 위중하다는 거야?'

그조차도 몰랐던 자기 자신이 한심스러웠다.

'의사인데 그런 것도 못 알아봤단 말인가…….'

그러고 보니 사토도 비슷한 말을 했었다. 나만 알아보지 못하는 사실이 있다. 그러한 무력감이 이시이가 곧 사망한다는 사실과 함께 류지를 엄습해왔다. 한동안 스테이션에 멍하니 서 있었지만 아무도 류지에게 말을 걸지 않았다.

*

그날 밤 류지는 일을 마치고 다쿠마 병실로 갔다. 병동은 소등 전이었지만 이미 인기척이 없었고 스테이션에는 아무도 없었다. 다쿠마는 1인실에 있었다.

이미 21시가 다 되어서 그런지 다쿠마는 침대에서 자고 있었다. ICU에서 발관한 뒤로는 순조로운 경과를 보이고 있었다. 유일한 문제는 방귀가 나오지 않고 있다는 것이었다. 방귀는 사고와 수술로 마비돼버린 장의 운동이 회복되었다는 신호이므로 매우 중요하다. 류지는 그 사실을 사토에게 배우고 난 후로 매일같이 다쿠마의 방귀를 체크하러 갔다.

류지는 다쿠마의 얼굴을 가만히 들여다봤다. 그러자 다쿠마가 가끔 고통스러운 듯 미간을 찡그리고 으으…… 신음 소리를 내면서 손발을 뒤척였다.

'불쌍해라. 무슨 무서운 꿈이라도 꾼 걸까…… 아니면 배가 아직도 아파서 그런가…….'

다쿠마의 얼굴을 바라보면서 류지는 이시이를 떠올렸다. 나와 동갑인 이시이는 의사를 꿈꾸었지만 돈이 없어 재수를 하지 못하고 의사의 꿈을 포기했다. 나와 동갑인데 암에 걸리고 흡인성 폐렴으로 죽어가고 있는 그 남자는 지금까지 어떤 인생을 살아왔을까. 나는 오늘 그 남자의 임종을 지켜볼지도 모른다.

한동안 류지는 잠자고 있는 다쿠마의 얼굴을 조용히 바라보았다.

새벽 1시가 조금 지났을 무렵 의국으로 돌아온 류지는 언제나처럼 인턴실 소파에 누웠다. 그러나 잠이 오지 않아서 몇 번이고 뒤척였다. 검은 가죽으로 된 낡은 소파는 오른쪽으로 몸을 돌리면 눈앞에 등받이가 보여서 압박감이 느껴졌고 왼쪽으로 몸을 돌리면 뻥 뚫린 공간이어서 언제 떨어질지도 모르기 때문에 불안했다. 그렇다고 바로 눕자니 왠지 숨쉬기가 어려웠다. 다른 날에는 너무 피곤해서 바로 곯아떨어졌는데 그날은 7분마다 몸을 뒤척였다. 게다가 에어컨 온도를 아무리 내려도 너무 더워서 잠이 들기가 어려웠다.

아무도 없는 인턴실에는 노트북 PC가 올려진 책상 여러 개가 가지런히 배열되어 있었다. 인턴들은 노트북 전원을 끄지 않고 뚜껑도 덮지 않은 채 귀가한 모양이었다. 배열된 책상의 노트북들 중 4대의 모니터에 화면이 켜져 있었다.

평소엔 신경도 쓰지 않았는데 이날만큼은 왠지 눈에 거슬렸다. 그렇다고 남의 물건을 마음대로 만지기도 좀 그랬다.

가지런히 놓인 네 개의 빛을 바라보고 있으니 기분이 묘해졌다. 나는 암흑세계에 있는데 모니터 저 너머에는 빛으로 충만한 세계가 펼쳐져 있다. 네 개의 모니터는 네 종류의 미래로 향하는 문이다. 그곳에는 각각의 미래를 살아가는 내가 존재한다. 근심이나 걱정, 절망과는 무관한 내가 눈이 부시게 빛나는 저곳에 있다.

그중 하나는 매우 유능한 의사로서 어떤 환자라도 정확하게 진단을 내리고 그 즉시 올바른 치료법으로 치료해내는 내과의다. 또 하나는 외과의다. 배가 딱딱하게 굳어서 고통스러워하는 환자를 급히 수술방으로 옮겨 재빠르고 아름다운 손놀림으로 보는 이들로 하여금 감탄을 자아내게 만드는 수술을 해낸다. 또 다른 하나는 뭘까?

자세히 보니 내가 작은 여자아이를 목마 태우고 있다. 잔디밭에는 챙이 큰 모자를 쓴 여성이 하얀 의자에 앉아 있다. 아, 이건 가족이다. 내가 아빠가 되었구나. 그리고 나머지 하나는……
그런 생각을 하는 사이에 류지는 잠이 들었다.
삐리리리 삐리리리.
핸드폰이 울렸다.
얕은 잠이었는지 류지는 바로 깨서 가운의 가슴주머니에 들어 있는 핸드폰을 꺼냈다.
핸드폰 시계는 '2:45'를 가리키고 있었다.
"네, 아메노입니다."
누운 채로 대답했다.
"선생님, 병동인데요. 이시이 씨 심박수가 떨어지고 있어요. 바로 와줄 수 있으세요?"
"네, 바로 가겠습니다."
그렇게 말하면서 류지는 바로 일어났다.
'이렇게 빨리 올 줄은 몰랐는데…….'
"아, 사실은 아직 40 정도인데 아까부터 계속 100 정도에서 타키(빈맥)였거든요."
핸드폰 너머로 '리리리링 리리리링' 하는 경고음이 들려왔다.
"아, 30으로 떨어졌어요. 선생님, 빨리 와주셔야겠어요."
"바로 갈게요."
이미 류지의 발걸음은 병동으로 향하고 있었다.
어스름한 긴 복도.

밤의 병원은 여름인데도 한기가 느껴져서 졸음이 금세 달아나버렸다. 하얀 벽을 조용히 비추는 복도 구석의 초록색 비상등을 보니 두근거리는 마음이 조금 가라앉았다.

병동에 도착하자 야근 간호사가 류지를 기다리고 있었다. 머리카락이 반 넘게 백발이 된 키 작은 간호사였다.

"이와이 선생님께도 전화를 드렸는데 아메노 선생님한테 부탁해 놨다고 하시더라구요."

"네."

"여기서 잠시 기다리고 계세요."

"네."

뭘 기다리라는 건가.

일단 스테이션 의자에 앉자마자 부리나케 전자 차트에 로그인했다. 이시이 이름을 클릭해서 차트를 열었다. 내가 조금 전에 입력한 글이 표시되었다.

[부모님께 설명함. "어젯밤 대량으로 구토하여 흡인성 폐렴 발병. 삽관하지 않으면 산소화가 유지되지 못하여 사망할 가능성이 크나 삽관해도 2~3일 정도의 예후 연장만 예상됩니다." 이에 대해 부모님은 "알겠습니다. 삽관은 하지 않아도 됩니다"라고 답변. 삽관은 하지 않을 방침.]

다소 이른 감이 있는 경과였다. 하지만 류지는 설명한 대로의 경과를 대충 밟고 있다는 사실에 약간의 만족감을 느꼈다. 하지만 즉시 그 느낌을 마음에서 지워냈다.

'도대체 지금 내가 무슨 생각을 하고 있는 거야.'

리리리링 리리리링.

모니터 알람 소리가 심야 병동에 울려 퍼졌다. 지금 이 층에만 서른 명 가까이 되는 환자가 잠을 자고 있다. 어떤 이는 수술 후의 통증을 견디면서 어떤 이는 수면제에 취한 채로 어떤 이는 소리 없이 다가오는 죽음의 공포에 떨고 있다. 그리고 이시이는 지금 그 짧은 생을 마감하려 하고 있다.

그는 '이번' 생에서 세상에 무엇을 남기고, 그 영혼에 무엇을 새겼을까?

스테이션 좌우 양쪽으로 길게 뻗은 복도는 어두웠다. 그 어둠은 한도 끝도 없이 영원으로 이어져 있을 것만 같았다.

"선생님."

방금 전의 나이 많은 간호사가 갑자기 뒤에서 부르는 바람에 류지는 화들짝 놀랐다. 순간 맘을 놓아버렸던 건가…… 아니면 앉은 채 깜빡 졸았나 보다.

아무렇지도 않은 척하며 "네" 하고 대답하면서 모니터로 시선을 돌렸다. 'ASYSTOLE'라는 글자와 함께 심장의 전기운동 파형이 플랫(평행)을 그리고 있었다. 심정지였다.

"플랫입니다. 임종인데…… 선생님, 죄송하지만 절차는 알고 계세요?"

"네, 지금까지 몇 번 본 적은 있습니다."

사실 류지가 혼자서 사망선고를 내리는 건 이번이 처음이었다.

사망선고도 '사망'이라는 어엿한 진단이다. 절대 틀리면 안 된다. 사망선고는 의사에게만 허용된 진단행위로 환자에 대한 마지막 의료행위다. 그만큼 평소의 진료에 요구되는 정확성에 덧붙여 특별히 '존엄'이 더 요구되는 매우 특수한 행위라 할 수 있다.

"그럼 이걸 쓰세요."

간호사는 류지에게 검고 굵은 펜라이트를 건넸다. 손으로 잡은 조금 낡은 그 펜라이트는 겉이 거칠면서도 묵직하니 무거웠다.

"그리고 이거요. 시계는 있으세요?"

"아, 아니요. 깜빡 놔두고 왔어요."

간호사는 검은 청진기를 건넸다. 그리고 자기 명찰 쪽에 걸어 놓은 작은 시계를 류지에게 건넸다. 곰돌이 캐릭터 얼굴이 그려진, 어린 여자아이가 가지고 있을 법한 시계였다.

그럼 방으로 가시죠. 가족분들이 모두 와 계십니다.

간호사가 앞장을 서고 류지는 뒤따라갔다. 간호사가 노크를 하고 1인실 문을 열었다. 입구 옆으로 비켜서 류지에게 먼저 들어가도록 손짓했다.

"실례합니다."

방 안에 있던 사람들이 모두 류지 쪽을 쳐다봤다. 대여섯 명은 되는 것 같았다. 류지는 고개를 숙였다. 그러자 방 안의 사람들도 모두 고개를 숙였다.

이시이는 사람들에게 둘러싸여 있었다. 완전히 생기를 잃은 상태였다. 미동도 없이 움직이려는 느낌조차 완전하게 사라졌다. 안 그래도 하얀 얼굴이 더욱 창백해져 있었다.

류지는 순간 그가 이시이가 아닌 다른 사람처럼 느껴졌다.

"그럼 지금부터 확인하겠습니다."

류지는 예전에 선배 의사가 했던 것을 떠올리며 그대로 따라 했다.

이시이에게 다가가서 펜 라이트를 꺼내어 불을 켜고 감긴 눈꺼풀을 왼손으로 열었다. 이시이의 눈이 류지를 보고 있었다. 눈을 맞추기가 두려웠지만 이시이의 안구에 펜 라이트를 비추고 동공의 대광반사가 없는 것을 확인했다. 손이 떨렸다.

열린 눈을 그대로 왼손으로 닫았다. 위아래 눈꺼풀이 잘 닫히지 않아서 다시 한 번 왼손으로 꼬집듯이 닫았다.

그리고 가운 주머니에 있는 청진기를 꺼내어 이시이의 얇은 가슴에 갖다 댔다. 아무 소리도 들리지 않았다. 실수가 있어서는 안 된다는 생각에 10초 정도 듣고 있었다. 등 뒤로 집중되는 시선이 따가웠다.

귀에서 청진기를 떼고 주머니 속에 손을 집어넣어 이번에는 곰돌이 시계를 꺼냈다.

"그럼."

이때 처음으로 류지는 이시이를 둘러싼 가족들 얼굴을 봤다. 어머니는 충혈된 눈으로 류지를 보고 있었다. 아버지는 고개를 숙인 채였다.

"대광반사 소실, 심정지, 호흡정지를 확인했습니다."

시계를 힐끗 보며

"3시 24분 사망하셨습니다."

류지는 고개를 숙였다. 간호사도 함께 숙였다.

아이고~, 아들아~, 가지 마~!

아버지가 크게 소리치며 돌연 통곡하기 시작했다. 그 울음에 몇 명이 같이 소리 내어 울기 시작했다.

힘들었지, 이제 괜찮을 거야.

편히 쉬렴.

류지는 10초 정도 고개를 숙이고 있었다. 그러나 도저히 견딜 수가 없어서 고개를 들고 방을 나왔다. 문 닫는 소리가 들리지 않도록 살며시 닫았다.

눈물은 나지 않았지만 몸과 마음이 모두 너덜너덜해지고 기진맥진한 듯했다. 몸을 무겁게 짓누르는 피곤과 함께 슬픔과 아쉬움이 물밀듯이 몰려왔다.

스테이션으로 돌아오자 "선생님, 수고하셨어요. 근데 선생님은 의사 같지가 않으세요. 표정 관리 좀 하셔야겠어요"라고 나이 많은 간호사가 말했다.

"…… 네?"

"별 얘기 아니니까 너무 신경 쓰지 마세요."

류지는 '후' 하고 한숨을 쉬며 의자에 앉았다.

전자 차트를 보면서 자필 사망진단서를 쓰고 다시 어스름한 긴 복도를 걸었다. 올 때 봤던 녹색 비상등은 고장이 났는지 불이 꺼지고 지지직 소리를 내고 있었다.

저 소리를 언제 어디선가 들었던 적이 있었어. 류지는 자기 안에서 미약하게 빛나고 있는 한 줄기 빛 같은 희미한 기억을 손으로 애써 잡으려 했다. 하지만 손을 가까이할수록 그 기억의 끈은 곧 사라져버렸다.

류지는 더 이상 생각하지 않기로 했다. 나중에 필요한 때가 되면 또다시 모습을 드러내겠지. 그렇게 자신을 다독이며 인턴실 소파에 또다시 누웠다.

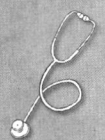

도쿄

"좋은 아침~!"
가와무라가 의국 문을 열었다. 류지는 또 의국 소파에서 잠들어버린 모양이었다. 가와무라가 류지 얼굴을 들여다봤다.
"오늘도 힘들어 보이네~."
"어, 새벽에 사망 선고했거든."
류지가 누운 채로 대답했다.
"아, 그 사람 알아. 젊은 사람이지?"
가와무라가 가운으로 갈아입으며 말했다.
"응. 터미널(말기)이었는데 폐렴 때문에 손쓸 새도 없이 돌아가셨어."
"그랬구나. 나도 방금 차트 좀 훑어봤는데 뭐, 삽관해도 소용없었을 테니까 할 수 없지."

류지는 그 말을 듣고 스프링이 튕겨 나가듯이 벌떡 일어났다.

잠깐, 거기 서봐. 방금 뭐라고 했어?

이 말이 목구멍까지 올라왔지만 끝내 참았다. 류지는 놀란 표정으로 오른손을 위로 올리며 입만 뻥긋거리고 있는데 가와무라가 말을 이었다.

"사망 확인이 새벽이었어? 많이 피곤하겠네."

"그것보다 정말 삽관해도 소용없었을 거라고 생각해?"

"물론이지. 터미널이었다며."

터미널.

"그야 그렇지만 그래도 그건 좀."

류지는 거기까지 말하고는 한 템포 쉬고

"아니지 않나?"라고 말했다.

아직 한창 젊은 나이인데.

"뭐? 진심으로 말하는 거야? 네가 전에도 비슷한 얘기를 했던 거 같은데…… 뭣보다 터미널인데 삽관은 시간과 비용을 낭비하는 거야."

시간과 비용의 낭비라……. 류지는 어느새 양쪽 허리에다 손을 얹고 서 있었다.

"어떻게 그런 말을 할 수 있어? 그건 아니지. 가능성이 남아 있었을 수도 있잖아."

류지가 큰 소리로 말하자 가와무라는 가운을 입다가 멈추었다.

"아메 짱, 무슨 일 있었어?"

"낭비라니, 그딴 건 도대체 누가 정하는 건데. 웃기지도 않아."

그렇게 말하고는 "아무 일도 없어"라고 덧붙였다. 류지는 흥분한 마음을 어떻게든 가라앉히려고 한숨을 쉬어봤다.

"하지만 아메 짱. 삽관은 한 번 하게 되면 환자도 힘들고 게다가 인공호흡기까지 껴야 하잖아. 한 번 달면 자가호흡이 돌아오지 않는 한 의사 마음대로 뺄 수도 없어. 게다가 의료비도 배로 늘어나지. 삽관해서 생명이 연장된다면야 좋지만, 그 가능성도 희박했잖아."

류지는 조용히 듣고 있었다.

"이런 걸 의사가 냉철하게 판단해주지 않으면 누가 하겠어?"

그건 나도 당연히 알고 있다.

"게다가 주치의인 이와이 선생님도 삽관 적응은 없다고 했다며? 위에서 그러면 우린 그걸 따를 수밖에 없어. 아마추어같이 왜 그래."

"이해할 수 없어. 그 환자가 얼마나 열심히 병마와 싸웠는데. 그걸 지켜보는 부모님은 또 얼마나 마음고생이 심하셨다고. 나 같은 인턴한테 증상 설명이랍시고 맨날 안 좋은 얘기만 들으면서도 정말 열심히 끝까지 버텼다고. 그러면 마지막까지 할 수 있는 건 다 해봐야 하는 거 아니야? 말도 안 돼."

류지는 두 주먹을 불끈 쥐며 소리쳤다. 이른 아침 의국에서 류지는 하염없이 울었다.

가와무라는 들고 있던 가운에 팔을 끼우고 나서 "아메 짱……, 내가 말을 좀 심하게 한 것 같다"라고 인정했다.

그러고는 소리 없이 눈물만 흘리는 류지를 보며 살짝 미소 짓고는

"임종한 지 얼마 안 됐는데 미안해"라고 사과했다.

류지가 계속 울기만 하자 가와무라는 류지에게 다가가 어깨에 오른손을 얹고서 "내가 너무 생각 없이 말했어"라며 거듭 사과했다.

"내가 잘못했어."

"아니야, 괜찮아."

그 말밖에는 할 수 없었다.

*

그날은 온종일 구름 위를 걷고 있는 것 같은 느낌이었다. 이건 현실이 아니야. 이건 정교하게 잘 짜인 오페라이고 나는 그 무대 위에서 연기하는 배우야, 라는 생각까지 들었다. 업무 중에 조금이라도 손이나 머리가 멈추면 사망을 확인하기 위해 청진기를 댔을 때 느껴졌던 차가운 이시이의 피부 감촉이 손끝에 되살아났다. 그래서 류지는 최대한 손을 계속 움직이도록 노력했다. 그러나 공교롭게도 이날은 수술이 없어서 틈만 나면 그 생각이 떠올랐다.

류지는 몸도 마음도 완전히 지친 상태였다. 벌써 며칠째 병원에서 자고 있는 거지? 게다가 늘 의국 소파에서 곯아떨어지다 보니 더더욱 몸이 안 좋았다.

류지는 일을 마치고 하루의 마무리로 다쿠마의 얼굴을 보러 가야겠다고 생각했다. 병실로 들어가자 다쿠마는 또 자고 있었다. 혈색이 별로 좋아 보이지 않았지만 신음이나 손발의 뒤척임은 줄어든 것 같았다.

'다쿠마, 이시이 씨가 죽었단다.'
마음속으로 다쿠마에게 말을 걸었다.
'난 아무것도 할 수가 없었어.'
다쿠마가 오른손을 약간 움직였다.
'미안해요, 이시이 씨.'
류지는 조용히 눈물을 흘렸다.

*

"안녕. 아메 짱 잘 지냈어? 오늘 밤에 시간 있어?"
며칠 뒤.
웬일로 일이 일찍 끝난 류지는 7시에 이미 의국으로 돌아와 있었다. 자기 책상에서 수술서(수술순서가 실린 교과서)를 읽고 있는데 벌써 사복으로 갈아입은 가와무라가 말을 걸어왔다.
"나? 뭐, 그렇지…… 어제 당직을 서서 조금 피곤하지만."
혹시 술 마시자는 거라면 오늘은 졸리고 피곤한데.
"실은 말이야."
가와무라가 뭔가 대단한 얘기를 하려는 듯이 류지 귓가에 얼굴을 가까이 대며 "오늘 미팅이 있는데 같이 갈래?"라고 속삭이듯 말했다.
"뭐, 미팅?"
미팅.
류지가 살짝 싫은 표정을 짓자 가와무라는 틈을 주지 않고 "씨에이란 말이야, 여자애들. 같이 가자"라고 말했다.

"씨에이가 뭐야?"

진지한 표정으로 류지가 묻자 가와무라가 깜짝 놀라며

"뭐야, 아메 짱 진짜 몰라서 묻는 거야? 씨에이 있잖아, 씨에이. Cabin Attendant의 약자! 하늘을 나는 아가씨들!"

"아, 스튜어디스."

"요즘은 그렇게 안 불러, CA라고들 해."

"그래?"

"그니까 가자, 의사라면 뭐니 뭐니 해도 CA랑 하는 미팅이 최고지."

"그거야…… 뭐 그렇지……."

옛날부터 드라마나 만화에서 그런 장면을 자주 봐와서 그런지 류지도 솔깃했다.

"그러니까 같이 가자고."

"그, 그래……."

'가도 되나? CA라…….'

요 며칠 사이 너무 많은 일이 있었다. 그런데 이시이의 임종을 지켜본 지 겨우 며칠밖에 되지 않았는데 가도 될까?

류지는 미팅 같은 건 거의 가본 적이 없었다. 게다가 상대방은 비행기에서나 볼 수 있는 스튜어디스, 아니 CA였다. 세련된 도쿄 여성들 앞에서 시골 촌뜨기는 기가 죽을 게 뻔했다. 무엇보다 대체 무슨 말을 하란 말인가. 솔직히 말해서 나가봤자 나 같은 사람은 아무도 거들떠보지도 않을 텐데. 그럼 분명 우울해지겠지. 아마 가와무라는 그들과 잘 어울리며 즐겁게 시간을 보낼 것이다.

하지만 이런 열등감을 불식시키고 싶다면 가는 게 정답이다. 어차피 CA라 해도 나와 똑같은 사람일 것이다. 말이 전혀 안 통하는 건 아닐 테고 대화하다 보면 또 의외로 잘 맞을 수도 있다.

"어떡하지?"

"뭐야, 갈등하는 거야? 설마 오늘도 여기서 잘 생각이야? 몇 박을 한 거야. 여기서 합숙하냐?"

"아니, 그런 건 아닌데…… 무슨 말을 해야 할지도 모르겠고…… 환자 임종 지켜본 지 얼마 되지도 않았고…….".

류지는 솔직하게 말했다.

그러자 가와무라는 "걱정하지 마, 내가 다 커버해줄 테니까. 그리고 임종이 너랑 무슨 상관이야. 나 원 참. 그럼 가기로 한 거다! 사실은 사람이 한 명 부족해서 어떡하나 걱정하고 있었거든, 땡큐!"

"잠깐만, 난…….".

가와무라의 등을 보며 말하는데 가와무라는 뒤돌아보지도 않고 "옷 갈아입고 나와, 병원 현관에서 기다리고 있을게!"라고 말하며 의국을 나가버렸다.

'역시 저 녀석은 너무 일방적이야……. 뭐, 일도 끝났겠다, 한 번 가보는 것도 나쁘진 않겠지. 가와무라가 저번부터 같이 마시자고 얘기도 했었고. 동기와의 친목도 중요한 일이니까.

병원을 나서기 전에 살짝이라도 다쿠마 얼굴을 보고 갈까 생각했지만 가와무라가 이미 밖에서 기다리고 있었다. 류지는 다쿠마에게 가는 걸 포기하고 급히 옷을 갈아입고 병원 현관으로 갔다.

"역시 우리 아메 짱! 능력남은 결정 내리는 것도 빨라요!"
"아니, 난…… 그래도…… 가야지…….."
웅얼거리는 류지를 곁눈질하며 가와무라는 택시를 대기시키고 있었다. 둘이 택시를 타자 가와무라는 "긴자(銀座)로 가주세요!"라고 신난 목소리로 행선지를 말했다.

*

도착한 가게 앞에는 '창작일식집'이라는 의미를 알 수 없는 간판이 세워져 있었다. 일식을 창작한다는 게 도대체 뭘까, 류지는 생각했다.
안내받은 가게 안쪽 룸 테이블 석에는 이미 남성 2명과 여성 4명이 앉아 있었다.
'이, 이게 바로 도쿄의 미팅……. 룸에서 하는구나…….'
"우리가 너무 늦었지? 수술이 길어져서~!"
"우와~ 수술이요? 너무 멋지다~! 드라마 같아요~!"
여성 중 한 명이 꺅꺅거리며 말했다.
'응? 오늘 가와무라는 수술 없었는데…….'
그렇게 생각했지만 류지는 가만히 있었다.
"신경 쓰지 마, 여성분들도 지금 막 오셨어"라고 남자 한 명이 말했다. 검은 머리에 짧은 헤어스타일을 한 그 남자는 눈이 쑥 들어가고 햇볕에 그을린 구릿빛 피부였다. 옷은 무릎이 다 드러나는 꽤 짧은 꽃무늬 반바지를 입고 있었다.

"안녕하세요."

그렇게 말하며 그 남자는 류지에게 손을 내밀며 악수를 청했다. 류지는 속으로 당황하면서도 "아, 안녕하세요"라고 인사하면서 그 남자의 손을 잡았다. 처음 만나는 사람과 악수하는 건 이번이 처음이었다. 검은 줄이 하나 그어진 하얀 와이셔츠에 정장 바지를 입고 있는 또 다른 남자 하나가 안쪽에서 "류지 씨, 안녕하세요, 반가워요"라고 인사했다.

가와무라와 류지는 테이블 가장자리에 앉았다. 테이블을 사이에 끼고 남자 4명과 여자 4명이 서로 마주 보고 나란히 앉아 있었다. 다른 남자 셋의 세련된 복장에 비해 치노팬츠에 셔츠라는 지극히 평범한 옷차림을 한 류지는 스스로 부끄러워졌다.

"아, 이러면 너무 맞선자리 같으니까 섞어 앉도록 하죠"라고 가와무라가 제안하자 남녀는 자리를 바꾸어 서로 섞여 앉았다.

잠시 후 점원이 샴페인 병을 들고 왔다.

'맥주가 아니라 샴페인으로 시작하는구나……'

류지는 시작부터 당황했다.

"모두 잔 들었죠? 그럼 히파히파~!"

가와무라가 잔을 높이 들었다.

"잠깐, '히파히파'가 뭐야?"

단발 깜돌이 꽃무늬 팬츠가 말했다.

"아, 미안미안. 나도 모르게 하와이 말이 튀어나왔네."

여자들은 "에이~ 뭐야~!" 하면서도 재밌다는 듯 까르르 웃었다.

"그럼 샴페인이니까 불어로 할게요. Tchin-Tchin(친친)!" 하며 가

도쿄 185

와무라가 잔을 살짝 들면서 건배했다.

'친친이 붙여였구나…… 잔끼리 안 부딪히네.'

속으로 생각하면서 류지는 작은 목소리로 "친친"이라고 말했다. 그러자 "계집애처럼 목소리가 그게 뭐예요~!"라고 하면서 옆에 앉은 여자가 류지의 등짝을 때렸다.

"근데 지난번에 파리에서 파티에 갔었을 때는 사람들이 'Sante(쌍떼)!'라고 하던데요?"

"아, 그래요? 샤를 드골 쪽으로도 비행하시나 봐요."

가와무라가 바로 대꾸했다.

'맞다, 이 여자들은 매일 같이 비행기를 타는 객실승무원이었지. 국제선도 타나?'

조금 있자 요리가 나왔다. 가와무라는 이번 미팅의 사회자를 자청했는지 "그럼 간단하게 자기소개나 해볼까요? 아메 짱부터 부탁해"라며 류지를 가리켰다.

"나?"

갑자기 지명된 류지는 순간 얼어붙었지만 바로 "알았어"라고 말했다.

"그럼 저부터 시작할게요!"라고 큰 소리로 말하며 류지는 자리에서 벌떡 일어났다.

'에라, 모르겠다…….'

"하하, 일어나서 자기소개하는 사람은 처음 봐~!" "너무 재밌다~!" "호감도 급상승~!"

류지는 여자들의 반응을 그냥 무시하고 자기소개를 시작했다.

"아메노 류지, 25세. 가고시마현 출신이고 부모님은 고구마튀김 가게를 운영하고 계십니다! 지난 4월에…"
'상경해서'라는 말이 튀어나올 뻔했지만,
"도쿄로 왔습니다"로 바꿔 말했다.
모두가 류지를 쳐다보고 있었다. 류지는 그 시선들이 너무 불편해서 "저는 지금 인턴으로 공부 중이고요! 장래 희망은 외과 의사입니다! 이상입니다!"라고 말하고는 오른손에 들고 있던 샴페인을 한 번에 들이마시고 바로 앉아버렸다.
순간 방 안에 정적이 흘렀지만 이내 그 자리에 있던 사람들 모두가 빵 터지고 말았다.
"뭐야, 이거! 아메 짱 너무 웃긴데!"
"부모님 직업이 너무 유니크하시다~!"
가와무라와 여자들이 배꼽을 잡고 웃고 있었다. 류지는 그들이 왜 웃고 있는지 이유를 잘 알 수가 없었다.
대학 때 미팅을 두어 번 나간 적이 있었는데 그때는 평범한 이자카야였고 술은 맥주 아니면 이모쇼추(고구마 소주)의 온더락이었다. 이번 미팅과는 장소나 분위기가 모두 너무나 달랐다. 어느새 류지는 술 때문인지 창피해서인지 얼굴이 새빨개졌다.
"아메 짱 땡큐! 아메 짱은 우리 병원의 제 동기인데 천재 외과 의사랍니다!"
류지의 맞은편에 앉은 여성이 "외과 의사세요? 그럼 칼잡이네?"라고 말하자 그 옆의 여자가 "블랙잭이세요?"라고 농담을 하며 웃었다. 류지는 애매하게 웃고는 더 이상 대답하지 않았다.

"그럼 다음은 요시 군 부탁해요."

다음으로 지명된 사람은 짧은 꽃무늬 반바지 남자였다.

"안녕하세요, 저는 요시라고 합니다. 저는 '대리점'에서 일하고 있고 평소에는 아오야마 근처에서 자주 마시는 편이에요. 아~ 제 나이는 몇 살로 보여요?"

"글쎄~ 서른 살?"

"땡~! 좀 더 어려요. 정답은 스물여덟입니다. 현재 여자 친구 모집 중이에요. 만나서 반갑습니다~."

대리점이라. 대체 무엇을 대리하는 일을 하고 있을까. 여행일까, 보험일까? 나중에 물어봐야겠다.

"요시 군 고마워요. 요시 군은 대단한 능력자예요. 도쿄대 출신에 몰고 다니는 차는 포르쉐랍니다"라고 가와무라가 신이 난 듯 말했다.

"우와~ 대단하다!"

"포르쉐 타보고 싶어요~!"

도쿄대, 포르쉐, 꽃무늬 반바지, 게다가 꽤 잘 생긴 외모. 류지는 머릿속에 이 네 가지를 하나의 항목으로 묶어 넣기가 너무 어려웠다. 아마 대리점이 잘 나가는 모양이다. 최근에 해외여행 가는 사람들이 많다고 하니까. 그냥 그렇게 이해하기로 했다.

"그럼 다음은 KJ 차례."

갑자기 알파벳으로 불러서 류지는 또 한 번 놀랐다.

"안녕하세요, 케이제이입니다. 저는 상사에 근무하고 있고 어제 뉴욕에서 막 귀국했어요. 혹시 같은 항공편이셨던 분, 계세요?"

그러자 여자들은 서로 얼굴을 쳐다보면서 "난 어제 오프였는데." "나도 대기." "싱가포르 갔었어"라고 말했다. 케이제이라는 알파벳 이름도 상사도 류지에겐 너무 낯선 세계였다.

그 후로 여자들이 한 명씩 자기소개를 했다. 류지는 이름을 외우는 것만으로도 벅찼다. 모두 다 하나같이 키가 크고 늘씬한 데다 검은 머리에 입술에는 밝은색 립스틱을 발랐으며 속눈썹은 위로 말려 올라가 있었다. 그리고 하나같이 소매 없는 옷을 입고 있었다. CA라는 인종이랑 이야기해본 건 류지 인생에서 처음이었는데 솔직히 말해 누가 누군지 구별하기도 어려웠다.

4명 중에 유일하게 딱 한 사람 "평범한 회사원이에요"라고 말하는 여자가 있었다. 이름은 하루카였고 소매 없는 옷이 아닌 소매가 팔꿈치까지 내려온 원피스를 입고 있었다. 긴 머리는 살짝 갈색이었고 넷 중에 피부가 가장 하얬다.

자기소개가 끝나자 그 뒤로는 자유롭게 먹고 마시는 분위기였다. 류지는 창작일식이라는 음식을 먹으면서 멍하니 맥주를 마시고 있었다. 눈앞에서는 눈부시게 아름다운 CA 여성들과 가와무라와 요시 군과 KJ가 다양한 주제로 대화를 나누고 있었다. 이번 분기에서 가장 재미있는 드라마와 연예인의 불륜 스캔들, 좋아하는 연예인, 애인을 안 사귄 지 얼마나 됐는지 등 그런 류의 대화가 눈앞에서 총알처럼 이리저리 날아다니고 있었다. 유탄에라도 맞으면 큰일 나, 류지는 무방비 상태로 참전하지 않도록 몸을 사리고 있었다.

CA 여성들은 류지에게 전혀 관심이 없는 듯했다. 가끔 가와무라나 요시 군이 류지에게 신경을 써서 말을 걸어왔지만 최대한 무난

하면서도 무의미한 대답을 하도록 노력했다.

테이블 위의 창작일식도, 좋아하는 탤런트도, 불륜 스캔들도 류지에게는 모두 다 허무했다. 류지는 당장 병원으로 돌아가고 싶었다. 역시 오는 게 아니었다.

술자리가 시작된 지 1시간 정도 지났을까. 류지는 급격히 사고력이 떨어지는 걸 느꼈다. 그 이유는 옆에 앉은 이름도 생각이 안 나는 여성이 "선생님, 음료수는 무엇으로 드시겠습니까?" 하며 마치 기내에 있는 것 같은 말투로 물어 와서 무심결에 생맥주를 서너 잔 마셨기 때문일 것이다. 그게 아니라면 자신의 현실 세계와 너무나 동떨어진 이 자리가 낯설게 느껴져서 저도 모르게 멍하니 있어서일지도 모르겠다. 그것도 아니라면 영혼을 병원에 놓고 온 건 아닐까.

그래서 얘기를 듣고 있는 듯하면서도 하나도 귀에 들어오지 않았고, 웃는 듯하면서도 전혀 웃고 있지 않은 표정을 지었다. 만약 세상에 '평균적인 인간'이 있다면 아마 이런 표정일 것이다. 이 자리에 오기로 한 건 나니까 어쩔 수 없지. 다른 사람들과 어울리지 못하는 건 내가 시골 촌놈이어서니까.

후 하고 한숨을 쉬는데 한 여성과 눈이 마주쳤다. 유일하게 회사원이라고 했던 하루카였다. 그녀는 테이블 대각선상에서 류지와 가장 먼 위치에 앉아 있었다. 보아하니 그녀도 테이블의 무리에서 소외된 듯했다. 어디에도 끼지 못한 하루카를 보니 류지의 기분이 다소 풀어졌다.

어쩌면 그녀도 나를 보고 기분이 나아지지 않았을까. 말을 걸어보고 싶었지만 거리가 너무 멀었고 무엇보다 다른 사람들 앞에서 특히 여성에게 말을 건다는 건 류지에게 있을 수 없는 일이었다. 눈치 빠른 가와무라가 알아차려서 자리를 바꿔주면 좋을 텐데. 그런 기대를 하며 힐끗 가와무라를 쳐다봤다. 그런데 정말로 가와무라가 "어라? 아메 짱 너무 말이 없잖아? 하루카 짱이랑 얘기하는 건 어때?"라고 말하며 강제로 류지를 하루카 옆에 앉혔다.

약간 술에 취한 류지는 마시던 맥주잔을 손에 들고 하루카에게 "안녕하세요"라고 말했다. 맥주잔을 들고 있던 손은 다행히 떨지 않았다.

"안녕하세요."

하루카가 살짝 웃으며 말했다.

"별로 얘기를 안 하시네요."

류지가 물었다.

"네, 전 저렇게 재밌게 말을 못해요."

"진짜 다들 너무 잘 놀아요."

"그러게요."

류지는 맥주를 한 모금 마셨다.

"술을 잘 드시나 봐요."

"아, 네. 그런 편이죠. 가고시마 출신이라서요."

류지는 그렇게 말하고는 맥주를 또 한 모금 들이켰다. 하루카는 오렌지색 칵테일을 마시는 듯했다.

"저기."

하루카가 갑자기 눈을 똑바로 바라보며 말해서 류지는 놀랐다.

"저, 항상 궁금했었는데…… 의사가 정말 힘든 직업인가요?"

'뭐지, 갑자기 이런 질문은…….'
"뭐, 그렇긴 하죠."
'힘들기야 하지만 다른 일도 힘들긴 다 마찬가지겠지…….'
"아, 죄송해요. 의사 선생님과 이렇게 대화하는 건 이번이 처음이라서요. 꼭 물어보고 싶었어요."
"괜찮습니다."
류지는 왜 그게 궁금한지 물어보고 싶었지만 처음 만난 사이에 묻기가 어색해 그냥 가만히 있기로 했다. 그 대신 "잘은 모르지만 다른 직업도 힘들긴 마찬가지겠죠. 아, 하루카 씨는 어떤 일을 하고 계세요?"라고 물었다.
"그렇죠……. 갑자기 이상한 질문을 드려서 죄송해요. 아, 저는 교육 관련 회사에서 영업직을 하고 있어요."
자기가 질문해놓고서 류지는 어떤 말로 대화를 이어나가야 할지 몰랐다. 교육 관련 회사라고는 아는 회사가 하나도 없었다. 영업직도 전혀 상상이 안 갔다. 영업이라고 하면 집에 자주 찾아오던 신문 홍보밖에는 떠오르지 않았다. 뭘 파는 걸까.
"하루카 씨는 일이 안 힘드세요?"
"아, 네…… 힘들긴 하죠. 아, 그럼 저도 마찬가지네요."
그렇게 말하면서 하루카는 씩 웃었다. 웃으니까 눈이 없어진다.
"저, 선생님을 뭐라 부르면 좋을까요?"
"아, 뭐…… 아메 짱도 좋고, 류지도 좋고, 류 짱도 좋고. 편하신 대로 불러주세요."
"맞다, 아까 사회 보시던 분이 아메 짱이라고 불렀었죠? 류 짱은 뭔가 굉장히 귀엽네요."

하루카가 또 웃었다. 또 눈이 없어진다.

"가와무라가 아, 아까 그 사회 보던 녀석이 맨 처음에는 저를 류 짱이라고 불렀었거든요. 근데 안 어울린다고 아예 짱으로 바꿔버리더라구요."

"굉장히 친하신가 봐요. 그럼 저도 아메 짱이라고 부를게요."

"그러세요."

"그리고 말 놔도 될까요? 제가 아메 짱보다는 나이가 어리지만요."

"편하신 대로 하세요."

"그리고 저는 하루카 씨 말고 하루카라고 불러주세요."

'갑자기 존칭을 빼고 이름을 부르라고? 역시 도쿄 사람은 대단하다……'

"네. 하지만 갑자기 존칭을 빼는 건 좀……. 그럼 하루 짱이라고 불러도 될까요?"

"그래. 하지만 존댓말은 쓰지 마, 아메 짱."

갑자기 하루카가 별명으로 불러서 류지는 긴장했다. 그래도 저 CA 여성에게 '선생님'이라고 불리는 것보다는 훨씬 낫다.

"아, 그래."

"그래서 아메 짱은 언제 의사가 된 거야?"

"올 4월부터야."

"그래? 그럼 아직 신참이구나."

"어. 근데 신참이라 하지 않고 보통 인턴이라고 불러."

"아, 들은 적 있다."

잠시 둘은 그렇게 대화를 이어갔다.

테이블 저쪽에서는 어느새 무슨 게임 같은 게 시작된 듯했고 몇 사람이 손뼉을 치고 있었다.

"근데 하루 짱은 왜 아까 의사라는 직업이 힘드냐고 물은 거야?"

"아, 기분이 언짢았다면 사과할게."

"아, 아니. 전혀 기분 나빴던 건 아니고 왜 그런 걸 물어보나 해서."

하루카는 한동안 말없이 유리잔의 표면에 생긴 물방울을 손가락으로 만지작거렸다.

'내가 기분 나쁜 질문을 했나?'

불과 4~5초밖에 안 되는 시간이었지만 류지에겐 정말 길게 느껴졌다.

"사실은 말이야."

하루카가 류지를 보며 말했다.

"엄마가 암으로 돌아가셨거든."

류지는 놀랐지만 하루카는 간격을 두지 않고 이야기를 이어갔다.

"8년 정도 전이었나 위암이셨는데 발견했을 때는 이미 많이 진행되어 있었어. 간과 폐로도 전이가 되어 있었거든. 수술하고 항암치료도 했는데 한 2년 정도밖에 못 살고 돌아가셨어."

하루카가 계속 말했다.

"근데 그때 의사 선생님이 굉장히 좋으신 분이셨어. 아직 젊으신 의사 선생님이셨는데 하루도 빠짐없이 몇 번씩 꼭 엄마를 보러 병실에 와주셨어. 그리고는 어떠세요? 아프신 데는 없으세요? 불편하신 데가 있으면 뭐든지 말씀하세요. 뭐든지 다 해드릴게요, 라고 해주셨어."

류지는 고개를 끄덕였다.

"'뭐든지 말씀하세요, 뭐든지 다 해드릴게요'라니 의사가 무슨 만능해결사도 아니고 저런 소리를 하시지, 좀 특이하신 분이네, 라고 생각했어. 그런데 엄마는 진짜로 그 선생님께 뭐든지 다 말을 했어. 우리 엄마가 좀 괴짜셨거든."

다른 여섯 명은 계속 웃으며 떠들고 있었다.

"뭐든지, 라니? 예를 들면?"

류지는 입에다 손을 모으고 큰 소리로 말했다.

"음…… 아프다, 밤에 잠 못 잤다, 악몽을 꿨다, 이런 건 예사였고. 예를 들면 선생님의 어릴 적 얘기 좀 해보시라든지, 사인을 해달라든지, 사진을 찍어달라든지. 그런 종류였어."

'사인! 사진!'

"크리스마스 날에는 엄마가 자기는 집에 못 간다고, 산타클로스 옷을 입은 선생님이 보고 싶다고 선생님한테 말했거든. 그랬더니 진짜로 그 선생님이 산타 옷을 입고 병실에 나타나신 거 있지?"

하루카가 재미있다는 듯이 웃어서 류지는 조금 마음이 놓였다.

"정말 재미있으시네. 대단하신 분이다."

"그렇지? 그래서 의사는 진짜 어려운 직업이겠구나 싶어서 물어본 거야. 갑자기 엉뚱한 질문 해서 미안했어."

"아, 신경 쓰지 마! 그런 훌륭하신 의사 선생님 이야기를 들으니까 나도 기분이 좋네."

"고마워. 아메 짱은 참 친절한 거 같아. 그 선생님이랑 마찬가지로…… 그 선생님 이름이 뭐였더라. 이와타…… 아니, 이와이 선생님이었나……."

'뭐라고?'

"하루 짱 지금 이와이라고 했어?"

"응. 아마 이와이 선생님 맞을 거야. 덩치가 엄청 크셨어."

"잠깐만. 그 선생님, 혹시 키가 무척 크셨어? 바위 암자의 '이와'에 우물 정자의 '이'해서 '이와이' 맞아?"

"어, 맞아 맞아! 어떻게 알았어?"

"아니. 혹시 어느 병원이었어?"

"우시노마치(牛ノ町) 병원이야. 우리 집 근처였거든."

"그 병원, 지금 내가 근무하고 있는 병원이야! 그럼 그 이와이 선생님은 내 상사야."

그 순간 류지는 이와이가 했던 몇 가지 말들이 떠올랐다.

다쿠마를 ICU에서 발관하려다 못하게 되자 "이번 판은 나가리인가~." 했던 이와이.

94세의 위암 환자에 대해 "BSC를 고려하고 있습니다"라고 단언했던 이와이.

그리고 류지와 동갑인 대장암 환자 이시이의 부모에게 "길면 한 달, 빠르면 몇 주 이내일 가능성도 있습니다"라고 말한 이와이. 그리고 [삽관의 적응 없음]으로 결정 내린 이와이.

류지는 솔직히 말해서 평소 이와이가 그다지 마음에 들지 않았다.

환자에 대한 온정이 느껴지지 않았고 무신경한 언행이 많아서였다. '나는 저렇게 되지 말아야지'라는 생각이 들 정도였으니까.

하지만 이와이는 지금 눈앞에 있는 하루카 엄마의 주치의였고 게다가 환자인 엄마에게 "뭐든지 말씀하세요. 무엇이든지 다 해드릴게요"라고 말했다. 그리고 정말로 무엇이든지 해드렸고 크리스마스 날에는 산타 복장까지 입고 나타났다.

류지는 상당히 혼란스러웠지만 애써 태연한 척했다.

"그랬었구나. 어머니가 좋아하셨겠어. 그 선생님 친절하시거든."

"그렇지? 분명 그럴 거야."

그렇게 말하며 하루카는 잔에다 입을 댔다. 기분이 많이 좋아 보였다.

"오랜만에 엄마 얘기하니까 왠지 기분이 좋다. 아, 미안해. 내가 너무 우울한 얘기를 한 건 아닌지 모르겠네."

"아니야, 괜찮아."

"근데 아메 짱이 이제 남 같지가 않다."

그렇게 말하면서 하루카는 류지를 보고 웃었다. 순간 류지의 가슴이 쿵 뛰었다.

"나중에 우리 밥이나 한번 같이 먹자. 나, 아메 짱의 두꺼운 눈썹이 마음에 들어."

하루카가 말했다.

'도쿄 여자는 대단해⋯⋯.'

류지는 그런 생각을 하면서 "그래, 한 번 먹자"라고 말했다.

그런데 다시 몸이 긴장되면서 완전히 굳어버렸다. 좀 더 하루카의 엄마와 이와이 이야기를 듣고 싶었다. 그리고 무엇보다 그녀는 귀여웠다. 도쿄에 와서 요 몇 달 동안 계속 병원에서 숙식을 해온 류지에게 그녀는 과하다 싶을 정도로 자극적이었다.

"여러분 오늘은 고마웠어요! 가게 문 닫을 시간이니까 이제 슬슬 나갑시다."

취했는지 얼굴이 새빨개진 가와무라가 밝은 목소리로 말했다. 모두 아쉬운 듯 자리를 일어나 가게를 나왔다. 류지가 휴대폰을 보니 시간은 23시를 넘어가고 있었다.

가게를 나오자 가와무라는 "오늘은 정말 즐거웠어요! 연락처는 정리되는 대로 간사끼리 교환해서 나중에 알려드릴게요"라고 말했다.

이게 도쿄 방식인가, 라고 류지는 생각하며 하루카를 힐끔 쳐다봤다. CA들 사이에 낀 하루카는 혼자만 키가 작았고 평범해 보였다.

하루카와 좀 더 얘기하고 싶다. 말을 걸려고 자연스럽게 옆으로 다가갔다. 그런데 하루카는 "그럼 또 나중에 보자, 연락해. 아메 짱" 하고 작은 목소리로 말하며 그냥 가버리고 말았다.

"안녕~!"

남자 셋은 어깨동무를 하고 여자들에게 손을 흔들었다. 셋 다 술에 취했나?

가와무라는 류지에게 "아메 짱 오늘은 고마워! 누구 괜찮은 애 있었어? 아까 그 회사원 여자애, 아메 짱이랑 분위기 좋던데!"라고 일방적으로 말하더니 "그럼 우린 다른 건수가 있어서. 다음에 보자!" 하고 그대로 어깨동무를 한 채 다른 곳으로 가버렸다.

셋 다 모두 술에 취해서 비틀거렸지만 그마저도 세련된 도쿄 남자의 모습으로 보였다. 도대체 가와무라는 저들과 어떤 인연으로 알고 지내는 걸까. 오늘 류지는 처음으로 '도쿄'의 이미지를 머릿속에 구체화할 수 있었다. 도쿄에 대한 로망을 '난 어쩔 수 없는 시골 촌놈'이라는 포기로 맞바꾸었을 뿐이지만.

류지는 긴자 거리를 하염없이 걸었다. 이 거리는 예전에 몇 번 와 본 적이 있었지만 전혀 지리를 몰랐다.

거리를 걷는 도중에 기분 좋게 취한 양복 차림의 회사원이나 굉장히 높은 킬힐을 신은 여성과 스쳐 지나갔다. 모두 나와는 다른 세상에 살고 있는 사람이라고 류지는 생각했다.

나는 병원이라는 폐쇄된 세상에 살면서 일하고 있고 저들은 열린 거리를 활보하는 열린 사람들이다. 언젠가 나도 저렇게 긴자 거리를 당당히 걸어 다니는 날이 올까?

그런 생각에 잠기며 정처 없이 긴자 거리를 걷고 또 걸었다.

*

한 시간 정도 걸었을까. 어느새 도쿄 거리에는 조용히 이슬비가 내리고 있었다.

그때 갑자기 핸드폰이 울렸다. 화면에 표시된 번호는 모르는 번호였다.

"네, 아메노입니다."

"밤늦게 죄송해요. 우시노마치 병원 외과병동의 요시카와인데요.

아메노 선생님 핸드폰 맞나요?"

"아, 요시카와 씨. 안녕하세요."

'무슨 일일까? 병원을 나올 때까지 환자들은 다 안정적이었는데…….'

"선생님, 전데요. 몇 번 전화 드렸었는데 받질 않으셔서……."

"네? 몇 번 전화하셨다고요? 죄송해요……."

'이럴 수가. 전화 오는 걸 몰랐다니…….'

"다쿠마 군 때문에 전화 드렸어요. 아까 구토를 했는데 자꾸 늘어져서요. 산소포화도가 떨어져 산소를 5리터로 시작했어요. 선생님 빨리 와주셔야 할 거 같아요."

"알겠습니다."

요시카와가 전에 없이 당황하고 있는 듯했다.

때마침 근처에 서 있던 택시를 급히 타고 병원으로 향했다.

병원에 도착하자마자 어두운 복도를 따라 의국까지 뛰어갔다. 도중에 아무도 만나지 않았다.

의국에서 가운을 낚아채고서 곧바로 걸쳤다. 급하게 병동으로 향하려는 순간 벽에 걸려 있는 거울이 눈에 들어왔다. 거울에는 류지 얼굴이 비쳐 있었다.

류지 얼굴은 이리 보나 저리 보나 새빨갰다. 누가 봐도 술을 마신 걸 100% 알 수 있는 얼굴이었다. 류지는 잠시 생각하다가 세면대에서 얼굴을 씻고 입을 헹구었다.

병동에 도착하니 환하게 조명이 켜진 스테이션에는 아무도 없었다. 야간에는 환자 30명인 병동에 야근 간호사가 3명밖에 없다. 류지는 스테이션을 지나치고 다쿠마가 있는 병실로 바로 달려갔다.

다쿠마 병실로 다가가자 안에서 사람 목소리가 들려왔다.

병실 미닫이문이 활짝 열려 있었다. 어두운 병실에서 다쿠마 침대에만 조명이 비추고 있었다.

"그럼 삽관한다."

류지가 들어가자 때마침 이와이가 다쿠마 입을 크게 벌려서 삽관하려던 참이었다. 옆에는 선배 의사인 사토와 간호사 2명이 서 있었다.

'도대체 무슨 일이 있었던 거야?'

류지는 혼란스러웠다.

"됐어. 그럼 튜브를 테이프로 고정하고 인공호흡기 연결해."

그렇게 말하면서 고개를 든 이와이는 류지와 눈이 마주쳤으나 곧바로 시선을 돌렸다.

가까이에 있던 간호사가 "아메노 선생님"이라고 말하는 바람에 류지가 온 것을 사토가 알아차렸다.

'큰일이다…… 선배보다 늦게 도착하다니…….'

"왜 이렇게 늦어!"

사토가 담담하게 말했다.

"죄송합니다!"

류지는 급히 글러브를 끼면서 처치를 도우려 했다.

"이미 다 끝났어."

사토의 손 밑쪽에는 또다시 입에 관을 물고 있는 다쿠마 얼굴이 있었다. 입술이 튜브 때문에 오른쪽으로 당겨져서 얼굴이 일그러져 있었다. 입 주변에는 가래인지 구토물인지 구분이 안 되는 얼룩들이 여기저기 묻어 있었다.

"ICU로 갈 거야. 연락해."

사토가 단조로운 목소리로 말했다.

"네."

다쿠마는 저녁에 한 번 구토하고 밤에 또 한 번 구토를 한 듯했다. 그런데 구토물이 기도로 들어가 흡인성 폐렴을 유발하는 바람에 급격히 호흡 상태가 악화된 것이다.

병원을 나오기 전에 잠깐이라도 다쿠마를 보고 갔어야 했다. 그랬더라면 구토했다는 보고도 받았을 것이고 그러면 삽관이나 ICU행을 면할 수 있었을지도 모른다.

다쿠마를 침대 채로 ICU로 이송시키고 인공호흡기 설정과 진정제 지시 등 처치를 끝내자 류지는 사토에게 사과했다.

"선생님. 정말 죄송합니다."

사토는 류지의 말을 듣고서 전자 차트의 키보드를 두드리던 손을 멈췄다.

"아메노. 넌 인턴이야. 콜하면 제일 먼저 달려와야 하는 거 아니야?"

목소리는 차분했다.

"네, 죄송합니다."

"그리고 아까 저녁에 환자 안 봤니?"

"네, 잊어버렸어요……."

"오늘 나랑 이와이 선생님은 긴 수술이 있고 수술이 끝나면 바로 연구회 간다는 거 알고 있었지?"

"…… 네."

'맞다. 오늘 아침에 사토 선배가 "오늘 이와이 선생님이랑 연구회 가니까 우린 빨리 퇴근할 거야"라고 했었지.'

'그 얘기가 저녁에 환자를 혼자서 보라는 얘기였구나.'

"하지만 넌 안 봤어. 물론 구토를 바로 보고하지 않은 간호사도 간호사지만 네가 보러 가지 않았다는 게 가장 큰 잘못이야."

"네."

"아메노 선생이 보러 갔었으면, 그리고 구토한 걸 미리 알았으면 난 위관을 넣었을 거야. 그랬으면 이렇게까지 심한 흡인은 방지할 수 있었을지도 몰라."

"…… 네……."

"물론 너한테 맡긴 나에게도 잘못은 있어."

사토는 담담하게 말을 이어갔다.

"하지만 아무리 인턴이라 해도 엄연한 의사야. 너랑 나는 똑같은 의사면허를 가지고 환자를 진료하고 있어. 이와이 선생님도 그렇고."

류지는 고개를 숙였다.

"의사라는 직업은 실수하면 환자를 죽일 수도 있어. 그것도 단 한 번의 실수만으로. 네가 다쿠마를 굉장히 열심히 진찰해온 거, 잘 알고 있어. 병원에서 몇 날 며칠 지새우면서 돌본 것도 알고 있어. 그런데도 구토 하나를 놓치는 바람에 저 아이는 다시 ICU로 오게 됐어. 의사는 그런 직업이라구."

"네······."

류지는 눈물이 쏟아지는 걸 억지로 참았다.

"어디 놀러 오는 기분으로 병원 다니는 거라면 지금 당장 집어치워. 나나 이와이 선생님은 이 일에 목숨 걸고 있다구. 그 정도의 각오가 아니라면 절대 환자를 살려낼 수 없어."

그렇게 말하고는 사토는 출구 쪽으로 몸을 돌렸다.

"네. 너무 죄송합니다."

사토의 등을 보며 류지가 말했다. ICU 바닥에 눈물이 뚝뚝 떨어졌다.

"그럼 나머지는 부탁할게" 하고 사토가 출구로 걸어갔다.

ICU를 나가기 직전 사토가 뒤돌아서면서 "그리고 음주 후 병동에 나올 때는 꼭 마스크를 끼도록"이라고 말하고는 성큼성큼 나가버렸다.

류지는 울었다. 자기 자신이 너무나 한심하고 부끄러워서 눈물을 멈출 수가 없었다.

한동안 류지는 ICU에서 다쿠마 얼굴을 바라보고 있었다.

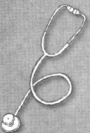

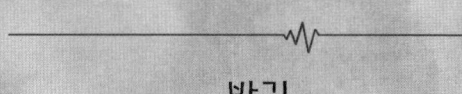
방귀

두 번째 삽관을 피할 수는 없었지만 다쿠마의 호흡 상태는 다행히 차츰 좋아졌고, 그 뒤로 1주일 후에 발관할 수 있었다. 류지는 반성한 그날 이후로 다시 의국에서 숙직을 계속했다. 그리고 하루에 두세 번은 아무리 바쁜 날이라도 빠지지 않고 꼭 ICU에 있는 다쿠마에게로 갔다.

저녁 5시.

그날은 조금 빨리 수술이 끝났다.

류지는 수술복에서 가운으로 갈아입자마자 바로 다쿠마 병실로 갔다. 두 번째 발관을 한 지 이미 일주일이 지났다. 다쿠마는 아직 소아여서 병실을 이제는 ICU나 외과병동 회복실이 아닌 소아과 병동에 배치했다.

다쿠마는 척추가 골절된 상태라 키가 1m를 넘긴 지 얼마 되지 않은 작은 체구에 맞게 제작된 코르셋을 착용하고 있었다. 배에는 수술흔인 커다란 가로줄 하나가 있어서 배의 중앙 부분만 뚫려 있는 특수제작품이었다.

"안녕하세요."

류지가 커튼 사이로 고개를 쑥 내밀었다. 다쿠마는 침대에 누워 있었다. 침대 옆에는 아빠가 앉아 있었다. 아빠는 턱을 깨끗이 면도한 상태였다.

"선생님. 안녕하세요."

아빠가 일어나서 고개 숙여 인사했다.

"아버님, 와계셨군요."

류지도 고개 숙여 인사했다.

"선생님, 저 밥 먹고 싶어요."

다쿠마가 말했다. 수술하고 두 달 가까이 됐지만 아직 음식은 금지된 상태였다. 폐렴과 삽관 등으로 장운동이 계속 마비되어 있기 때문이다.

"그렇구나, 다쿠마. 미안해. 좀만 더 참으면 밥을 먹을 수 있을 거 같은데······."

류지는 그렇게 말하며 머리를 긁적였다.

"하하하, 선생님. 또 머리 긁고 있어요! 있잖아, 아빠. 선생님은 맨날 머리를 긁고 있어."

다쿠마가 아빠에게 웃으며 말했다.

"죄송해요, 선생님. 다쿠마, 버릇없게 선생님 앞에서 그런 말 하면 못써."

아빠가 어쩔 줄 몰라 하며 다쿠마를 꾸짖었다.

다쿠마는 매일 찾아오는 류지를 많이 따랐다. 이날은 상당히 컨디션이 좋아 보였다. 컨디션이 나쁠 때는 하루 종일 얼굴을 찌푸린 채로 누워 있거나 끙끙 신음을 내며 자다 깨다를 반복했다. 너무 괴로워 보여 안쓰러운 날도 있었다. 그럴 때는 잠깐 침대 옆으로 가서 살펴보기만 하고 자세한 것은 간호사에게 듣곤 했다.

하루는 일을 끝마치고 밤늦게 다쿠마 병실을 찾아가 다쿠마의 누워 있는 모습을 침대 옆에서 지켜본 적이 있었다. 소등 시간을 넘긴 조용한 밤 병동에서 한 5~6분 정도를 지켜보고 있는데 다쿠마가 코르셋 때문에 뒤척이기 힘들어서인지 손발을 버둥거리며 "으…… 엄마…… 엄마……"라고 잠꼬대를 했다.

다쿠마는 겨우 다섯 살밖에 되지 않은 꼬마였다. 그런데 깨어나 보니 배가 째진 상태고 부모와는 생이별을 했고 집에도 가지 못하고 낯선 병실에서 홀로 매일 밤을 지내야 했다.

생각해보니 류지는 그런 사실마저 까맣게 잊고 있었던 것이다.

다쿠마 아빠는 매일 병문안을 왔지만 정작 엄마와는 사고 이후로 한 번도 만나지 못했다. 엄마는 정형외과 병동에 입원해 있다고 이와이에게 들었지만 어느 병실에 입원해있는지는 알 수 없었다. 벌써 아들을 두 달씩이나 보지 못한데다 아들이 생사를 넘나들며 투병하고 있으니 엄마도 분명 보고 싶어 할 것이다.

아직 미혼이고 처자식이 없는 류지는 부모의 사랑이 어떤 것인지 잘 모른다. 도쿄에 온 후로는 부모님 생각은 거의 하지 않았고 딱히 생각난 적도 없었다. 시골에서 고구마튀김으로 생계를 이어가시는 부모님. 몇십 년 동안 다람쥐 쳇바퀴 돌듯 똑같은 일상을 반복하고 계신 부모님. 세상의 경기, 세속의 유행과 퇴행에 휘둘릴 수밖에 없는, 탁류에 휩쓸려 내려가는 낙엽 같은 경제력으로 근근이 살아가시는 부모님.

류지는 인턴이 되고 나서 의사나 변호사, 대기업 임원 등 이른바 훌륭한 부모 밑에서 자란 '금수저' 동료들을 많이 만났다. 그럴 때마다 솔직히 자기 부모님에 대해 부끄러움을 많이 느꼈다. 그래서 이런 내가 과연 부모님을 '사랑한다'고 말할 수 있을까 자신이 없었다. 그럼 반대로 부모님은 나를 사랑하실까? 이에 대해서는 별로 생각하고 싶지가 않았다.

그런데 다쿠마 가족은 우리 가족과는 달랐다. 분명 다를 것 같았다.

"아버님, 죄송한데 잠깐 다쿠마 군 좀 진찰할게요."

그렇게 말하자 아빠는 커튼 밖으로 자리를 피했다.

"미안해. 잠깐 배 좀 만질게."

"좋아요. 그 대신 아프게 하지 마세요."

"응. 오늘은 안 아프게 할게."

류지는 다쿠마의 작은 줄무늬 셔츠를 들춰서 코르셋 틈으로 배를 진찰했다. 플라스틱 재질의 코르셋에는 구멍이 여러 개 뚫려 있어서 그 구멍을 통해 촉진할 수 있었다. 상처에 꿰맨 실이 파고들어 살이 튀어나와 있었다. 분홍색 살이 눈에 선명했다.

'상처 감염은 없고.'

그리고 배를 치는 타진을 하는데 다쿠마 배에서 '펑~ 펑~' 하는 북을 때리는 듯한 소리가 울렸다. 장이 서너 배로 확장되어 안에 공기가 차 있게 되면 때릴 때 공명음이 나면서 이런 소리가 난다. 의학적으로 이를 고음(鼓音)이라고 한다. 이는 장이 전혀 움직이지 않는다는 증거이며 음식을 먹었다가는 큰일이 날 수 있는 상태였다. 구토하지 않는 게 신기할 정도였다.

'아직 한참 멀었네.'

"이제 다 끝났어"라고 빙그레 웃으며 다쿠마의 줄무늬 셔츠를 내렸다.

"언제 밥 먹을 수 있을지는 선생님도 아직 잘 모르겠다. 어쩌지, 다쿠마?"

다쿠마는 조용히 듣고 있었다.

"지금까지 다쿠마는 두 번의 수술을 했잖아? 우리 몸 안에는 장이라고 하는 뱃속의 관이 있어서 원래는 마구 꿈틀꿈틀 움직이면서 음식을 응가로 만들어주거든. 그런데 지금 다쿠마의 뱃속은 수술했기 때문에 꿈틀꿈틀 움직임이 없어지고 마비되어 있어."

류지는 솔직하게 말했다. 소아과를 돈 적은 아직 없었지만 최대한 어른과 똑같이 친절하고 자세하게 설명해줬다. 그렇게 해야 한다고 생각해서였기도 하지만 소아를 접한 적이 거의 없어 달리 방법을 몰라서이기도 했다.

"수술 때문에 마비가 일어났지만 어쩌면 또 한 번 수술을 하게 될 수도 있어. 만약 그렇게 되면 이와이 선생님이랑 상담해서 결정할 거야."

류지는 몸을 수그리고 그렇게 말하면서 다쿠마의 눈을 쳐다봤다.

검디검은 눈동자. 소년의 눈동자는 한없이 검어서 그 속으로 빨려 들어갈 것만 같았다. 눈의 위아래로는 촉촉이 젖은 속눈썹이 나 있었다. 하나하나가 힘 있게 커브를 그리며 위를 향해 뻗어 있었다. 눈을 구성하는 세포 하나하나에 삶의 의지가 담겨 있는 것처럼 보였다. 류지는 무슨 수를 써서라도 다쿠마를 꼭 살려내어 퇴원시키고 싶었다.

"네, 알겠어요."

다쿠마가 고개를 끄덕였다.

"선생님."

다쿠마가 병실을 나가려는 류지를 불러 세웠다.

"엄마 보고 싶어요."

류지는 아차 싶었다. 순간 말문이 막혔다.

"…… 그랬구나."

뭔가 더 이야기를 해줘야 하는데.

"엄마는 아직 만날 수가 없어. 미안해서 어쩌지?"

"엄마……."

그렇게 한마디만 하고 다쿠마는 입을 다물었다.

"미안해"라고 말하며 류지는 다쿠마의 머리를 쓰다듬었다.

도망치듯 병실을 나와 스테이션으로 가니 사토가 있었다. 다쿠마를 진찰하러 온 듯했다.

"아메노 선생이 이 시간에 웬일이야."

"선생님, 수고하십니다."

"어. 그래서 좀 어때?" 하며 사토는 다쿠마 병실 쪽을 가리켰다.

"네. 기운은 많이 회복된 것 같은데 아직 배에 가스가 많이 차 있어요."

"그저께 찍은 엑스레이에서도 배가 빵빵했어."

사토가 진지한 얼굴로 '빵빵하다'고 해서 류지는 저도 모르게 웃음이 나왔다. 그런 류지를 보며 사토는 "왜?"라고 물었다.

"아니요, 아무것도 아닙니다."

류지는 입을 다물고 심각한 표정을 지으며 "내일 다시 엑스레이 찍을까요?"라고 덧붙였다.

"엑스레이? 뭐 찍어도 상관은 없는데 방귀가 나왔나 안 나왔나는 배를 만져서 들어보면 알 수 있지 않을까? 굳이 안 찍어도 될 것 같아. 방귀가 나오고 배가 들어가면 해결되는 거니까."

사토가 설명했다.

"하긴 그렇죠. 간호사한테 물어봤는데 방귀는 아직 안 나왔다고 해요."

"그치…… 방귀만 나오면 되는데…… 방귀…… 방귀……."

사토는 양손을 허리에 받치더니 시선을 딴 데로 돌렸다. 이 옆모습. 작은 턱선에 작은 귀, 그리고 하나로 묶은 뒷머리 주변의 잔 머리털들. 그 모든 것이 완벽한 조화를 이루고 있었다. 류지는 그 단아한 옆모습을 홀린 듯 뚫어지게 쳐다보고 있었다.

"다시 열어야 하나……?"

갑자기 사토가 류지 쪽으로 몸을 확 돌렸다.

"아, 네!…… 네? 다시 연다고요?"

"최악의 경우 그렇다는 거지. 만약 일레우스의 원인이 뱃속에 있으면 열 수밖에 없지. 근데 재수술은 꽤 위험할 거야. 저렇게 작은 몸이 견딜 수 있을지는······."

사토는 머리를 만졌다.

"그렇다고 저런 상태로 그냥 놔두는 것도 좋지 않아. 이해하지?"라고 사토가 말해서 류지는 얼른 고개를 끄덕였다. 빨리 결정을 내려야 했다.

"아무튼 할 수 있는 건 다 해봐야지. 뭐, 지금도 하고는 있지만······. 그러니까 우리."

사토가 진지한 표정을 지으며 말했다.

"기도하자."

"네?"

"장이 움직이도록 기도하자고. 나도 기도할 거야."

류지는 처음에는 이 말이 농담인지 진담인지 잘 구분이 되지 않았다. 그러나 사토의 표정이 너무 진지해서 "네, 저도 기도할게요"라고 말했다.

"이와이 선생님께는 내가 보고할게."

그렇게 말하고서 그럼, 하며 사토는 성큼성큼 가버렸다.

기도.

의사가 기도라니, 난센스다. 하지만 그렇다고 기도하지 않을 이유도 딱히 없다. 사토는 할 수 있는 건 다 해보자고 했다. 그 안에 기도가 포함되어 있는 걸까.

능력이 턱없이 부족한 나, 힘을 발휘하지 못하는 의술. 저 소년을 수술하면서 무슨 실수라도 있었던 걸까. 어딘가에 진짜로 하나님이 계신다면 이토록 매정한 짓은 하지 않으셔도 될 텐데.
 류지는 스테이션의 전자 차트 앞에 앉았다. 어느새 병실 창문을 통해 선명한 노을빛이 스테이션 안으로까지 그대로 들어오고 있었다. 그 노을빛은 여느 때보다 짙어서 빛에 닿는 모든 것을 붉게 물들였다. 낡고 더러워진 타일 바닥. 수액백이 실린 은색 처치대. 그리고 류지의 가운 밑자락까지도.
 얼굴에 비친 석양이 눈이 부셔서 류지는 오른손으로 가렸다. 그리고 눈을 감았다.
 제발, 부탁입니다. 하나님. 꼭 저 아이를 고쳐주세요. 제 모든 걸 걸고서라도 저 아이를 꼭 살려내고 싶습니다. 하나님. 저에게 좀 더 능력을 주세요.

*

 3일 뒤 아침. 여느 때와 다름없이 아침 콘퍼런스가 열렸다. 평소처럼 수술 전, 수술 후의 프레젠테이션이 끝나자 외과 의사들은 다쿠마에 대해 논의하기 시작했다.
 "아직 마비로 일레우스라며?"
 "너무 긴데? 장이 괴사하지 말아야 할 텐데."
 "실은 마비가 아니라 뱃속에 뭔가 미케니컬(기계적)한 원인이 있는 거 아니야? 꼬였거나 유착됐다거나."
 몇 가지 의견이 오고 간 후 이와이가 입을 열었다.
 "장의 팽만이 서서히 악화하고 있습니다. 내일까지 개선의 징후가 보이지 않으면 응급으로 개복할 생각입니다. 수술 리스크가 높긴 하지만 안 하면 점점 악화될 뿐이니까요."

이와이의 얘기를 듣고 모두가 동의했는지 아무도 입을 열지 않았다. 수술 리스크는 모두 심각하게 생각하고 있었다.

"쉽지 않겠군"이라고 부장이 한마디 하자 "이것으로 콘퍼런스를 마치도록 하겠습니다"라고 이와이가 말했다.

외과 의사들이 줄줄이 방을 나가자 류지와 사토, 이와이 셋만이 방에 남았다. 이와이는

"그렇게 됐으니까 보호자한테 연락해. 설명은 내가 할 테니까"라고 말하면서 방을 나갔다.

류지는 조명을 끈 채로 프로젝터와 모니터를 정리했다. 사토가 웬일로 정리하는 걸 거들었다. 사토도 아무 말이 없었다. 마치 입안에 모래를 씹고 있는 것 같은 느낌이었다. 무슨 방법이 없을까? 아무 방법도 없는가? 기한은 내일까지였다.

*

그날 오후. 류지는 이와이와 함께 다쿠마 아빠에게 증상 설명을 하고 있었다.

"…… 그래서 회복이 잘 안 되고 있습니다."

초췌해진 아빠는 고개를 푹 숙였다.

"저희는 내일 중으로 재수술할지 여부를 결정할 예정입니다. 내일까지 좋아지지 않으면 수술할 예정입니다. 만약 수술을 하게 되

면 이번 수술은 지난번과 달리 매우 위험할 수 있습니다."

아빠가 고개를 들었다.

"선생님, 이게 도대체 뭡니까? 왜 아들이 낫지 않냐고요. 뭔가 수술이 잘못된 거 아닙니까?"

이와이는 눈길을 피하지 않고 조용히 아빠 눈을 응시했다. 그리고 대답했다.

"아니요, 잘못된 건 없습니다. 수술은 계획대로 잘 됐습니다. 하지만 수술 전에도 설명 드렸다시피······."

"그딴 설명은 필요 없어요!"

아빠는 크게 소리치며 두 손으로 책상을 탁 내리쳤다.

"왜 우리 애가 이런 고통을 당해야 하냐고요······ 왜 내가 아니고······."

그렇게 말하더니 이내 통곡하기 시작했다.

류지는 아무것도 할 수 없었다.

'어떻게 해야 좋을까. 어떻게 해야······.'

이와이는 말이 없었다.

'왜 이와이 선생님은 아무 말도 안 하는 거야······. 무슨 말이라도 해주면 좋을 텐데······.'

아빠의 울음소리가 차츰 잦아들었다.

겨우 1분 정도의 침묵이었지만 류지에게는 한없이 길게 느껴졌다.

"죄송합니다······."

손으로 눈물을 닦으며 아빠는 자세를 고쳐 바로 앉았다.

"아버님."

이와이가 입을 열었다.

"아드님은 지금 싸우고 있습니다. 굉장히 고통스러울 거예요. 하지만 정말 잘 버텨주고 있어요. 저는, 저희는 앞으로도 최선을 다해 노력하겠습니다. 아버님께서도 지금까지 많이 힘드셨죠?"

아빠는 순간 놀란 표정을 지었다.

"아버님께서도 다쿠마와 함께 싸우고 계시다는 거 저도 잘 알고 있습니다. 아버님, 괜찮을 거예요. 우리 꼭 이겨냅시다!"

아빠는 얼굴을 일그러뜨리며 "정말 감사합니다"라고 말하면서 다시 눈물을 흘렸다.

*

오후 수술을 끝내고 외과 병동에서 처방과 오더 등의 업무가 끝나자 류지는 여느 때처럼 소아과 병동으로 갔다. 병동 시계는 8시를 가리키고 있었다.

'오늘은 많이 늦었네.'

곧바로 다쿠마 병실로 향했다. 스테이션에는 간호사가 한 명 있었지만 류지를 못 보고 PC로 뭔가 작업 중이었다.

"다쿠마, 안녕"

류지가 인사하며 커튼 사이로 얼굴을 내밀었다. 다쿠마는 깨어 있었다.

"안녕하세요."

보기에도 축 처진 것이 기운이 없어 보였다.

"어디 아프니?"

"배가 아파요."

그러면서 다쿠마는 자기 배를 만졌다. 그럼 그렇겠지, 배는 큰북처럼 빵빵하게 가스가 차 있으니까.

"아침보다 더 아프니?"

"네…… 아, 아니요……. 잘 모르겠어요."

다쿠마가 고개를 돌려버렸다. 역시 컨디션이 별로 안 좋아 보였다. 의대생 때 소아과 실습에서 '아이의 기분이 좋고 나쁨은 곧 몸 상태의 좋고 나쁨을 의미한다'라고 배웠던 것이 생각났다.

"토할 것 같아?"

"아니요."

"메슥거리니?"

"아니요."

한차례 문진을 하고 잘 자, 라는 인사와 함께 커튼 밖으로 나가려 하자 다쿠마가 "선생님" 하고 불러 세웠다.

"엄마가 보고 싶어요."

다쿠마는 그렇게 말하고는 류지 눈을 가만히 쳐다봤다.

"그랬구나."

류지는 눈길을 피하면서 "지금 엄마도 열심히 싸우고 계시거든. 그러니까 조금만 더 참자. 다쿠마도 열심히 싸우고 있잖니?"

"네…… 근데 선생님은 맨날 좀만 더 참자라고만 해요."

그렇게 말하더니 순간 다쿠마 눈이 글썽해졌다. 금세 그 작은 뺨으로 또르르 눈물이 흘러내렸다.
'아, 울리고 말았네.'
"선생님이 미안해. 하지만 진짜로 이젠 조금만 더 참으면 돼. 선생님이 맨날 거짓말만 해서 진짜 미안해."
그니까 푹 자, 라고만 말하고 커튼을 닫고 나와 버렸다.
'나도 참. 이렇게 도망만 치면 어떡하냐고······.'
의사로서 해줄 수 있는 게 아무것도 없었다. 처치만 못하는 게 아니라 그 눈물을 닦아주지도 못하는 나 자신이 정말 한심스러웠다. 이래서 난 안 되는 거야. 류지는 휘청거리며 병실에서 복도로 나왔다. 그러자 바로 토할 것 같은 느낌이 들었다. 재빨리 복도를 지나 화장실로 뛰어들어가자마자 변기에 얼굴을 박고 토해버렸다.
토하면서 눈물이 났다. 이 바보 멍청이야. 이렇게 도망만 칠 거면 그냥 관둬버려. 애당초 난 의사가 될 자격도 없는 놈이야. 그런 생각이 들자 또 욕지기가 나면서 우웩 토했다. 하지만 점심을 안 먹어서인지 노란 위액만 올라오고 식도와 목구멍이 타들어 가는 듯이 아파왔다.
류지는 한동안 그대로 목소리를 죽이며 울었다.
얼마나 울었을까. 류지는 일어나서 손을 씻고 입을 헹궜다. 그리고 스테이션으로 돌아갔다. 울었다는 사실을 간호사가 눈치채지 못하도록 눈 바로 밑까지 마스크를 끌어올렸다.
그리고 전자 차트 앞에 앉아서 다쿠마의 차트를 열었다. 아직 이날의 차트를 작성하지 않아서였다. 하지만 뭐라고 써야 할지 몰라 키보드 위에 가만히 손가락을 올려놓고서 모니터 속의 [5세 7개월]

이라는 글자만 계속 바라보고 있었다.

*

그날 밤 류지는 또다시 의국에서 잠을 잤다. 밤사이 다쿠마 상태가 악화될까 봐 걱정되어서였다. 소파에 눕자 온몸이 소파에 꽁꽁 묶인 것처럼 손발을 움직일 수 없었다. 몸이 비정상적으로 무거웠다.
'앞으로 어떻게 될까……. 설마 다쿠마도 이시이처럼…….'
류지는 억지로 눈을 꽉 감고 생각하는 걸 멈추었다.
'아니야, 생각하지 말자. 생각한다고 뭐가 어떻게 되는 것도 아니잖아. 그만 생각하자.'
아무도 없는 의국에 PC 몇 대가 빛을 발사하고 있었다. 멍하니 그 빛을 바라보고 있자니 또다시 그 속으로 빨려 들어갈 것 같은 느낌이 들었다. 조금씩 의식이 가라앉는 가운데 '저 안으로 들어가면 모든 게 편해질까?'라는 생각이 들었다. 류지는 그대로 잠이 들었다.
다음 날 아침.
6시에 일어난 류지는 몸이 좀 가벼워진 것 같은 느낌이 들었다.
화장실로 가서 얼굴을 씻었다. 차가운 물이 류지의 얼굴 신경을 자극하면 컨트롤 센터인 뇌로 '각성하라'는 사인을 보낸다. 뇌는 그 지시를 순간적으로 수용하고 검토하여 동의를 내린 상태에서 온몸의 신경으로 '각성되었으므로 움직여라'라는 지령을 내린다. 그래서 차가운 물로 세수하면 기분이 개운해지는 것이다. 조금씩 온몸이 깨어나면서 활력을 되찾는다.

'왠지 오늘은 기분이 좋다.'

류지는 상쾌한 기분으로 언제나처럼 다쿠마가 있는 병동으로 향했다.

병동에 도착하자 그동안 친해진 소아과 간호사가 "선생님, 선생님!" 하며 류지 쪽으로 달려왔다. 이렇게 이른 아침에 무슨 일일까.

"나왔대요! 나왔대!"

"네? 설마?"

"다쿠마, 방귀가 나왔대요!"

"네?! 방귀가요?!"

"그렇다니까요, 방귀요! 그것도 한 번이 아니라 두 번이나 나왔대요!"

"진짜요?!"

수술로 완전히 마비되어버린 장이 드디어 움직이기 시작한 것이다.

"일단 '마쿠다'를 만나야겠어요!"

당황한 류지가 말했다.

"선생님, '마쿠다'가 뭐예요. '다쿠마'지."

"아, 실수! 빨리 병실 갔다 올게요!"

류지는 다쿠마 병실로 황급히 달려갔다.

크림색 커튼을 살며시 열자 다쿠마는 깨어 있었다.

"안녕!"

류지가 좋아하는 기색을 애써 감추며 인사했다.

"안녕하세요, 선생님! 있잖아요."

다쿠마도 기분이 좋아 보였다. 야근 간호사들이 기뻐하는 걸 보고 아마 이건 좋은 일이라고 눈치를 챘나 보다.

"왜, 무슨 일 있었어?"

이왕이면 본인의 입으로 직접 말하는 걸 듣고 싶었다.

"저요, 방귀 나왔어요! 그것도 엄청 냄새나는 방귀요!"

다쿠마가 웃으며 말했다.

"그랬구나. 다쿠마. 방귀가 나왔구나! 진짜 잘 됐다! 많이 나왔어?"

"네, 진짜 많이 나왔어요. 간호사 누나한테는 창피해서 두 번 나왔다고 했지만 사실은 백 번쯤 나왔어요!"

"백 번이나 나왔다고?!"

완전 거짓말은 아닌 듯했다. 마비성 일레우스가 좋아질 때는 비정상적으로 방귀가 많이 나오는 경우가 있다. 정체되었던 가스가 한꺼번에 항문까지 내보내 지기 때문이다.

"정말 잘했어! 선생님이 잠깐 배를 좀 봐도 될까?"

"네, 보세요!"

다쿠마가 생긋 웃으며 말했다. 그리고는 윗도리를 가슴께로 올려서 배를 나오게 했다. 보는 순간 어제와는 확연히 다르게 배가 쑥 들어가 있는 걸 알 수 있었다.

'배가 부드럽다…… 어제랑 완전히 달라…….'

"다쿠마……."

류지는 이름을 부르며 눈물을 흘렸다.

"너무 잘 됐어."

두 눈으로 넘쳐흐르는 눈물을 류지는 막을 수가 없었다. 눈물이 뚝, 뚝, 다쿠마 발 아래로 떨어졌다.

"선생님, 왜 울어요? 무슨 일 있어요?"

"아니, 아무 일 없어. …… 선생님이 너무 기뻐서 우는 거야."

"뭐야, 기쁜데 왜 울어요? 근데 배가 쑥 들어갔어요!"

"그치? 선생님 참 이상하지? 다쿠마 배가 쑥 들어간 게 너무 좋아서 우는 거야."

"하하하."

류지는 들춰 올린 잠옷을 내리고 배를 가렸다. 그리고 병실을 나와 스테이션으로 향했다. 하얀 가운 소매로 눈물을 훔쳤다.

스테이션에는 아무도 없었다. 간호사들은 아침 식사를 배식하고 있는 듯했다. 류지는 전자 차트 앞에 앉아서 급히 다쿠마의 차트를 열었다. 너무 기뻐서 키보드를 빨리 치는 바람에 자판이 자꾸 엉켰다.

[오늘 가스 배출 있었음. 복부 팽만은 현저히 개선됨.]

그렇게 입력하고 [저장] 버튼을 클릭하려는 순간

"좋은 아침."

사토가 인사를 해왔다.

"웬일이야, 이렇게 이른 아침에."

'아니, 그건 내가 하고 싶은 말인데…….'

"다쿠마가 좀 걱정이 되어서 빨리 나왔어요."

"그래? 그래서 어때?"

"그게…… 선생님. 실은 방귀가 나와서 배가 상당히 들어갔더라구요!"

류지가 그렇게 말하자 사토가 눈을 휘둥그레 크게 뜨며 "진짜? 방귀가?" 하며 윗몸을 뒤로 젖혔다.

"네! 방귀가 나왔대요! 본인 말로는 백 번은 나왔다는데 실제로 복부가 꽤 플랫해졌어요!"

"그랬구나! 진짜 잘 됐다! 방귀!"

그렇게 말하는 사토의 눈에도 살짝 눈물이 고였다. 아마 사토도 다쿠마가 걱정돼서 이렇게 아침 일찍 병동으로 출근한 것이다.

"네! 정말 다행이에요! 엑스레이는 어떡할까요?"

"그래. 이와이 선생님이나 다른 선생님들께도 보여 드려야 하니까 확인차 한 장 찍자! 이걸로 수술은 피할 수 있게 됐어."

"알겠습니다."

사토는 그렇게만 말하고는 성큼성큼 스테이션을 나가버렸다. 좀 쑥스러워서 그랬을지도 모르겠다.

류지는 전자 차트에 복부단순엑스레이 오더를 클릭했다.

*

"…… 따라서 환자의 수술은 하지 않고 컨서버(보존적 치료)로 진료하기로 했습니다."

아침 콘퍼런스에서 이와이가 다쿠마의 엑스레이를 화면에 띄우면서 설명했다.

스고 부장이 얼굴 가득 미소를 띠우면서 류지의 엉덩이를 툭 쳤다.

"네!"

"이젠 회복하는 일만 남았네."

"그럼 이것으로 콘퍼런스를 마치도록 하겠습니다."

외과 의사들이 우르르 방을 나갔다.

류지는 남아서 방 정리를 했다.

이렇게 기쁜 일이 또 있을까? 가만히 있는데도 저절로 웃음이 나왔다. 이런 기쁨은 의사가 되고 나서 처음 경험해보는 것이었다. 의사가 된 지 이제 몇 달이 지났다. 그동안은 암 선고, 사망 선고, 그리고 사망 확인까지 의사를 하면서 좋은 일이라고는 하나도 없다는 생각이 들 정도였다. 이런 게 의사의 일인가, 라고도 생각했다.

회의실을 나와 류지는 곧장 다쿠마 병실로 갔다.

"아, 선생님. 왜 또 오셨어요?"

"안녕, 또 왔지롱."

"오늘은 수술 없어요?"

꼬마가 어떻게 그런 걸 알고 있을까? 병동 간호사가 가르쳐줬나?

"응, 오늘은 없어."

"그래요?"

"다쿠마. 이제 방귀가 나왔으니까 수술하지 않아도 돼. 그리고 좀 있으면 밥 먹을 수 있어."

"정말이요? 아이 좋아!"

"응. 처음엔 조금밖에 못 먹지만!"

"저, 카레 먹고 싶어요!"

"카, 카레…… 당장은 어렵지만…… 일단 미음부터 시작하자."

"네! 아무거나 좋아요! 신난다~!"

류지는 병실을 나왔다. 아침 햇살이 창문으로 들어와 복도를 밝게 비추고 있었다. 간호사들은 복도를 이리저리 분주하게 뛰어다니고 있었다.

스테이션으로 돌아가자 이와이가 와 있었다.

'웬일이지, 이 시간에…….'

그런 생각을 하고 있는데 이와이 옆에 휠체어를 타고 앉아 있는 여성이 눈에 들어왔다. 여성은 다리에 깁스를 차고 크림색 카디건을 걸치고 있었다.

'설마!'

"아, 혹시…… 다쿠마 어머님이세요?"

류지가 말하자

"네, 다쿠마 엄마예요."

그 여성은 앉아 있는 상태로 고개를 숙이며 인사했다. 이와이가 휠체어로 소아 병동까지 모시고 온 것이다.

"여러 선생님 덕분에 우리 다쿠마가 살 수 있었어요…… 정말 감사합니다."

여자가 또다시 고개를 깊이 숙이며 그렇게 말했다.

"다쿠마 이야기는 이와이 선생님을 통해서 들었습니다. 제가 골절 때문에 두 번 수술을 받았거든요. 그 와중에도 이와이 선생님께서 자주 찾아와주셔서 '아드님도 열심히 싸우고 있으니까 어머님도 힘내세요'라고 늘 격려해주셨어요."

'이와이 선생님이 그랬다고……?'

이와이는 쑥스럽다는 듯이 "어머님도 참. 그게 뭐 중요합니까. 빨리 아드님이나 보러 가시죠"라고 말했다. 그러면서 "아버님도 계셔?"라고 류지에게 물었다.

그 순간 아빠가 병동에 나타났다.

"이와이 선생님! 아메노 선생님!"

아빠의 모습에서 기쁨이 느껴졌다.

"아, 여보!"

아빠는 부인을 보고 깜짝 놀라고 있었다.

"이와이 선생님께서 데려다 주셨어."

"아버님께 말씀도 안 드리고 모시고 와서 죄송합니다. 다쿠마에게 깜짝 선물로 만나게 해주고 싶어서요."

"엄청 좋아할 거예요! 자, 갑시다!"

그렇게 말하고 다 같이 다쿠마 병실로 향했다.

먼저 아빠가 커튼을 살짝 열었다.

"다쿠마. 아빠 왔어!"

"아빠!"

이어서 류지가 커튼 사이로 얼굴을 내밀었다.

"안녕."

"아, 선생님 또 오셨어요? 안 바쁘세요?"

커튼 뒤에는 휠체어를 탄 엄마가 있었다.

류지는 "다쿠마. 깜짝 선물이 있어!"라고 하면서 커튼을 활짝 열었다.

"아!"

다쿠마는 입을 다물지 못한 채 한동안 움직임이 없었다.

"다쿠마! 엄마가 미안해."

엄마가 울먹이며 말했다.

"엄마…… 엄마! 아빠, 우리 엄마 맞지? 진짜지?"

"맞아, 다쿠마. 진짜 우리 엄마야."

"다쿠마. 지금까지 많이 힘들었지? 정말, 정말 너무 장하다, 우리 아들."

엄마가 다쿠마를 사랑스러운 눈빛으로 바라보며 말했다.

이와이는 다쿠마가 누워 있는 침대 바로 옆까지 휠체어를 밀었다.

엄마가 휠체어에서 몸을 내밀고 천천히 손을 뻗어서 다쿠마 머리를 쓰다듬었다. 다쿠마는 눈을 지그시 감고 있었다.

뒤에서 간호사가 눈물을 흘리고 있었다. 아빠도 울고 있었다. 이와이는 조용히 미소 짓고 있었다.

'이 순간을 난 평생 기억할 거야.'

류지는 조용히 병실을 빠져나왔다. 그리고 병실 앞에서 눈을 감았다.

'다쿠마 많이 힘들었지. 그리고 정말 고마워.'

류지는 온몸에 기운이 솟아나는 것을 느꼈다. 지금이라면 하늘도 날 수 있을 것 같았다.

이제 얽히고설켜 어디서부터 손을 대야 할지 난감했던 '그 문제'를 직면해야 할 때가 온 것 같았다. 때마침 다음 주에 늦은 여름휴가(라 해봤자 겨우 하루지만)도 신청해 놓았다. 주말까지는 계속 쉬어도 된다는 허락을 받았기 때문에 모두 합쳐서 3일의 시간이 있었다. 그래. 가고시마를 다녀와야겠다.

에필로그

가고시마 공항은 가고시마현의 중앙보다 조금 북쪽에 있고 주변이 차밭으로 둘러싸여 있는 공항이다. 인근에는 태평양 전쟁 당시 특공부대가 이착륙한 기지였던 지란(知覽)이 자리 잡고 있다. 지란 역시 '지란차(知覽茶)'라는 차 브랜드가 있을 정도로 엽차 생산이 활발한 지역이다.

류지는 거의 반년 만에 가고시마 공항으로 돌아왔다.

벽은 군데군데 얼룩져 있고 흔하디흔한 지역특산물 상점만이 즐비하며 간판이라곤 이모쇼추 술 광고밖에 없는 이 공항이 류지는 아무리 해도 정이 가지 않았다. 어디로 보나 촌스럽고 세련됨이나 센스와는 거리가 먼, 세월이 멈춰버린 듯한 건물에 격한 가고시마 사투리를 쓰는 점원 아가씨들.

이 공항이야말로 '나는 시골 촌놈이고 중앙에서 한참 벗어난 곳에서 나고 자랐음'을 여실히 알려주는 메시지 그 자체였다. 류지는 도착 게이트로 나와 바로 가고시마 시내로 향하는 버스를 탔다. "안녕하세요"라고 말하는 버스 운전기사의 말투에서 벌써 가고시마 사투리 억양이 강하게 느껴졌다.

리무진 버스라 불리는 그 버스는 이름에 걸맞지 않게 좌석이 그다지 넓지 않았는데 그마저도 거의 만석이었다. 류지는 어떤 여성 옆의 빈자리를 발견하고 바로 앉았다. 그런데 앉은 좌석 눈앞에 또 이모쇼추 광고가 붙어 있었다.

'내가 돌아왔구나, 가고시마에.'

남국의 노을빛에 물든 버스는 도로 위를 미끄러지듯이 1시간 정도 달려 가고시마 시내에 도착했다. 수면부족이니 잠이나 자야겠다고 생각하고 눈을 감았지만 전혀 잠이 오지 않았다. 잠이 오기는커녕 머리가 점점 뜨거워지는 듯했다. 눈을 감고 있으면 머리의 열기가 밖으로 빠져나오지 못할 것 같아서 그냥 눈을 뜨고 있었다. 그러자니 보기 싫어도 오랜만에 보는 거리풍경이 억지로 눈에 들어왔다. 저 길모퉁이에서 자전거를 타다가 넘어졌었지. 저 구멍가게는 아직도 장사를 하고 있네. 저런 곳에 모스버거가 있었나…….

*

기샤바 역에서부터 도보로 걸었다. 어느새 해는 저물어 있었다. 귀갓길의 회사원이 고개를 숙인 채 걸어오다가 하마터면 류지와 부딪힐 뻔했다. 기온은 그리 낮지 않았지만 바람이 조금 찼다. 가고시마에는 이제 가을이 시작되고 있었다. 이 동네의 가을은 매우 짧다. 너무 늦게 끝나는 기나긴 여름과 1년에 한 번씩은 으레 꼭 눈을 뿌리는 겨울 사이에 끼어 가을이라고 부를 만한 시기는 겨우 몇 주뿐이었다.

 길모퉁이를 돌아서 세 번째 건물에 류지의 본가인 '삿슈아게야'가 있다. 류지는 갈색 포렴을 손으로 걷고서 열려 있는 여닫이문을 통해 가게 안으로 들어갔다.

 "저 왔어요."

 류지는 어두컴컴한 가게 안을 향해 큰 소리로 말했다.

 "이게 누구야, 너……."

 아버지는 눈을 크게 뜨며 마치 귀신이라도 본 것처럼 놀란 표정을 지었다. 생각해보니 귀향한다는 얘기를 하지 않았었다.

 "여보, 여보! 류지가 왔어! 여보!"

 아버지는 류지와 인사를 나누기도 전에 큰 목소리로 소리쳤다.

 "무슨 일인데요, 참……."

 하며 우당탕 나오는 어머니는 입을 두 손으로 막으며 "어머! 류지야! 언제 내려온 거야?"라고 말했다.

 "지금 방금이요. 별일 없으셨죠?"

 "아이고, 도쿄 사람 다 돼서 왔구나. 어여 빨리 들어와."

 어머니가 어서 안으로 들어오라며 손짓했다.

 가게를 지나서 좁은 계단을 올라가 가게 2층의 좁은 거실로 갔다. 이 집을 나온 지 반년밖에 되지 않았는데 벌써 옛날 옛적에 살았었던 것처럼 느껴졌다. 다다미는 예나 지금이나 너덜너덜했고 창문틀에는 새까만 먼지가 수북이 쌓여 있었다. 둥근 밥상 앞에 놓인 얇은 하늘색 방석은 낡아서 색이 바래 있었다.

"이 집은 여전하네."

류지가 말하자 엄마는 창문을 열며 "어쩌겠니! 바꿀 여유가 어딨다고"라고 말했다.

'하기야 그렇지, 반년밖에 안 지났으니까.'

류지는 어머니의 뒷모습을 보면서 그동안에 확 늙으신 것 같다는 생각이 들었다.

장난삼아 어머니를 업어 보니 너무 가벼워
눈물을 참지 못하고 세 걸음도 못 걷네.

이 시는 이시카와 다쿠보쿠(일본의 시인(1886~1912) - 옮긴이)의 시였던가. 옛날 교과서에서 본 기억이 난다.

'지금 업어 보면 우리 엄마도 가벼우실까?'

"금방 차 내올 게. 가게 문도 바로 닫고 오마."

그렇게 말하며 어머니는 다시 계단을 내려갔다.

방석에 앉은 류지는 조금 긴장이 되었다. 하지만 다쿠마의 미소를 떠올리며 도망치고 싶은 마음을 떨쳐냈다.

다쿠마. 그 어린 녀석도 용감히 맞서 싸웠잖아…….

*

셋이서 조용히 저녁 식사를 마친 후 부모님은 TV를 보며 쉬고 계셨다. 밥상에다 팔꿈치를 대고서 류지는 마시고 있던 컵에 담긴 미지근한 맥주를 바라보고 있었다. 쇼추의 상품명이 새겨진 컵에는 하늘을 나는 갈매기가 그려져 있었다. 아마 이 갈매기 그림의 높이까지 쇼추를 따르면 딱 50대 50의 미즈와리(술에 물을 타서 묽게 하여 마시기 수월하게 만든 것-옮긴이)를 만들 수 있다고 했었지. 언젠가 아버지가 그렇게 말씀하셨던 기억이 난다.

"병원 일은 많이 바빠?"

어머니가 물었다.

"네, 그럭저럭. 그래도 할 만해요. 당직 같은 게 있어서 병원에서 잘 때도 많아요."

류지는 왠지 가고시마 사투리를 쓰고 싶지 않아서 익힌 지 얼마 안 된 표준말로 말했다. 그래도 억양에는 어쩔 수 없이 가고시마 사투리가 배어 있었다.

"그렇구나. 밤에도 많이 바쁘니?"

"가끔 바쁠 때도 있어요."

이시이의 임종을 지켜본 날과 다쿠마가 구급차로 실려 온 밤이 머릿속에 스쳐 지나갔지만 굳이 입 밖에 내지는 않았다.

한동안 셋 다 모두 입을 다물고 있었다. TV에서는 코미디언이 옷을 홀딱 벗고 얼굴에다 흰 분칠을 하고서 뭔가 크게 소리치고 있었다.

"돈은 안 모자라냐?"

아버지가 TV에서 눈을 떼지 않은 채 입을 열었다. 걱정해서 그러신 건지 아니면 월급이 궁금해서 그러신 건지 류지는 도무지 감을 잡을 수가 없었다.

"안 모자라요. 걱정하지 마세요. 별로 안 쓰거든요."

"그러면 됐어."

어머니가 대신 대답했다.

또다시 침묵이 흘렀다.

아버지는 쇼추의 오유와리(술에다 온수를 타서 마시는 것-옮긴이)를 마시고 있었다. 고구마를 찐 듯한 구수한 냄새가 방 안에 진동했다. 류지는 군데군데 녹이 슨 전기 포트를 쳐다보고 있었다.

"벌써 20년이라는 세월이 흘렀구나."

물컵 안을 쳐다보던 어머니가 갑자기 입을 열었다. 아버지는 대꾸도 하지 않고 TV만 쳐다보고 있었다.

류지는 당황했다. 내가 얘기하려는 걸 어떻게 아셨을까?

"네."

몇 초 간격을 두고 류지가 대답했다. 어머니가 류지 쪽으로 고개를 돌렸다.

"그 얘기 말인데요······."

아버지가 리모컨으로 TV 채널을 돌렸다. TV에서는 일기예보가 방송되고 있었다. 류지는 깍지를 꼈다.

"저······ 병원에서 일하면서 몇 번 봤어요."

어머니는 가만히 류지를 보고 있었다.

"그······ 뭐라고 해야 하나······ 사람이 죽는 거요."

류지는 깍지를 바꿔 끼면서 꽉 힘을 줬다. 어머니는 그대로 류지를 바라보고 있었다. 아버지는 여전히 TV만 쳐다보고 있었다.

"그래서…… 기억이 났어요. …… 그날 형의 일이요."

류지가 그렇게 말하는 순간 어머니 표정이 변했다. 아버지는 움직임이 없었다. 조금 열려 있는 창문 사이로 차가운 밤바람이 들어왔다.

류지는 다시 한번 깍지를 바꿔 끼면서 왼손 새끼손가락 손톱을 꽉 눌렀다.

그 얘기를 하러 왔어요.

류지는 입안에서 그 말을 계속 곱씹고 있었다. 얘기를 꺼낼 자신이 없었다. 말해도 괜찮은 건지 확신도 서지 않았다.

"그래서…… 휴가를 내서…… 그 얘기를."

입술을 한번 깨물고는 "하러 왔어요"라고 말했다.

방 안이 다시 조용해졌다. 류지는 고개를 숙이고 옅은 갈색의 낡은 다다미를 쳐다보았다.

세 사람은 모두 말이 없었다. 이제까지 단 한 번도 해본 적이 없는 죽은 형 이야기를 하려는 순간이었다. 팔 아니 손가락 하나 움직일 수 없었다.

류지는 다시 고개를 들고 아버지와 어머니를 쳐다봤다.

"그러니까 얘기해주세요. 그날 있었던 일에 대해서."

"기억이 안 나니?"

아버지가 입을 열었다. 아버지는 한번 기침을 하고 나서 다시 말했다.

"아무것도 기억이 안 나니?"

"네. …… 아니, 약간 기억이 날 때도 있어요. 내가 밑으로 내려가서 엄마를 부른 거나……."

류지는 억지로 쥐어짜듯이 말했다.

"그럼 얘기해주마."

아버지는 그렇게 말하면서 TV 전원을 껐다. 그리고 양반다리를 한 채 몸을 류지 쪽으로 돌렸다. 아버지와 마주 보며 대화를 나누는 게 몇 년 만일까. 아버지의 몸은 놀랄 정도로 작았다.

"그날은 아침부터 비가 억수로 쏟아졌어. 양동이로 물을 퍼붓듯이 내렸지. 그래서 아직도 생생하게 기억이 나. 근처 강물이 불어났다고 라디오에서 조심하라고 방송했어.

아침부터 가게가 무척 바빴어. 호우가 내리는데도 웬일로 손님이 끊이지 않는 거야. 이상한 날이었지. 그래서 점심도 먹지 못하고 엄마도 나도 눈코 뜰 새 없이 바빴어. 엄마는 2층에서 너랑 유이치한테 점심을 먹이고는 바로 1층으로 내려와서 계속 고구마를 팔았어.

그런데 지금도 기억이 생생한데, 어디서 수학여행을 온 학생들이 한꺼번에 우르르 10명씩이나 몰려와서는 주문을 하는 거야. 이건 횡재다 싶어서 서둘러 고구마를 튀겼지.

그러고 있는데 네가 계단을 내려오면서 뭐라 뭐라 하는 거야. 무슨 말을 하는지 도통 못 알아듣겠고 너무 바빠서 엄마가 그냥 다시 2층으로 올려보냈어. 근데 또 울면서 내려오는 거야. 그래서 또 뭐 싸움이나 한 거겠거니 하고 엄마가 보러 올라갔지.

그런데 엄마가 막 뛰어 내려오면서 얼른 구급차를 부르라는 거야. 그래서 나도 뛰어 올라가 봤어."

아버지는 밥상 위의 컵을 손에 들고서 미지근해진 쇼추 오유와리를 한입 마시고는 다시 이야기를 시작했다.

"그랬더니 유이치가 바닥에 쓰러져 있는 거야. 양팔로 끌어안으니까 팔이 축 처지더라. 서둘러 구급차를 불렀어. '유이치, 유이치' 하고 아무리 이름을 불러도 뺨따귀를 때려도 반응이 전혀 없더라. 난리가 났지. …… 넌 옆에서 계속 울고 있고."

"그리고 구급차가 와서 같이 타고 병원으로 갔어. 시립병원, 그 제일 큰 병원 알지? 너도 같이 갔어. 병원에 도착하자마자 유이치는 응급실로 실려 들어갔어. 우리는 밖에서 기다리라고 하더라고. 그리고는."

어머니의 몸이 앞으로 휘청했다. 아버지는 계속했다.

"그리고는 오랫동안 기다렸지. 꽤 긴 시간을 기다렸던 거 같다. 시계도 아무것도 들고 가지 않아서 얼마나 오래 기다렸는지는 알 수 없었어. 대기실에 우리랑 비슷한 나이대의 젊은 부부가 있었는데 얼굴이 새파랗더라고. 그 젊은 여자가 계속 울고 있길래 보기 싫어서 그냥 담배 피우러 밖으로 나가버렸어.

밖으로 나갔더니 젊은 남자 의사랑 간호사가 재떨이 옆에서 담배를 피우고 있더라. 둘이서 얘기하는 걸 들었는데 '아까 이송된 그 소년, 어렵겠지?' '어렵겠죠, 아무래도.' '에이, 내일 골프 약속이 있어서 일찍 퇴근해야 하는데.' 이러고 있더라고.

머리를 한 대 얻어맞은 것 같은 기분이 들더라. 그리고 이렇게 생각했어. 저건 우리 집 이야기가 아니야, 유이치 이야기가 아니야. 우리 말고 저 울고 있는 다른 부부 얘기라고."

'무슨 의사가 말을 그따위로 하냐!'

류지는 온몸에 열이 확 오르는 느낌이 들었다. 그리고 주먹을 불끈 쥐었다. 손톱이 손바닥 안으로 파고 들어갔다.

아버지는 계속 말을 했다.

"꽤 시간이 지났을 거야. 갑자기 문이 활짝 열리더니 안으로 들어오래. 그때 유이치를 처음으로 봤어. 그런데 유이치는 이미."

어머니가 흐느꼈다.

아버지는 컵을 손에 쥔 채 이야기를 계속했다.

"죽어 있었어. 내가 봐도 금방 알겠더라. 가엾게도 입에다 튜브 같은 걸 물고 있는데 피가 나 있더라. 가슴은 움푹 들어가 있었고……. 얼굴은 새파랬어. 왜 이런 일이 나한테 일어났을까 생각했다. 너희가 태어나서 우린 그저 열심히 일하고 돈 벌고 그 애를 겨우 초등학교에 입학시키고…… 그때까지 아픈 적 한번 없던 아이였는데. 도대체 무슨 일이 벌어졌는지 도무지 알 수가 없었어. 그래서……."

"옆에 있던 의사에게 무슨 일이 일어난 건지 물었어. 부모님이세요? 이쪽으로 오시라고, 의자에 앉으라고 하더라. 그때 유이치가 죽었다는 말을 들었어. 심장도 숨도 멈췄다고. 웃기지 말라고, 이유를 설명하라고 소리쳤지. 그랬더니 알레르기인가 뭔가라고 그러더라. 장난하지 말라고, 알레르기로 죽을 리가 없지 않느냐고 되물었지."

'아나필락시스 쇼크였구나…….'

류지는 침착했다.

"하지만 의사는 알레르기밖에는 원인이 없을 거라고 했어. 그게 아니라면 혹시 아이를 구타한 거 아니냐고 묻더라. 미친놈! 그게 할 소리야?!"

아버지는 컵을 바닥에 내동댕이쳤다. 컵은 깨지지 않고 구르기만 했다. 어머니는 타월에 얼굴을 파묻은 채 소리 내어 울고 있었다.

'점심을 먹고⋯⋯ 갑자기 상태가 나빠졌다. 아마도 먹은 음식 중에 알레르기의 원인이 되는 음식이 있었을 것이다. 그 때문에 아나필락시스 쇼크를 일으켜서 호흡이 정지되었다. 그로부터 병원에 도착해 삽관할 때까지의 시간이 지체되면서 저산소뇌증에 빠져 사망했다⋯⋯.'

"그러고 나서 나는 유이치를 데리고 집으로 돌아왔어. 그렇게 어린 녀석이⋯⋯."

아버지도 울고 있었다. 눈물이 무릎 위로 뚝뚝 떨어졌다.

"그랬었군요."

류지가 입을 열었다.

"아버지, 얘기해줘서 고마워요. 이제 다 알겠어요."

류지는 침착했다. 조금 전까지 긴장했던 게 거짓말 같았다.

어머니는 대성통곡하고 있었다. 아버지도 조용히 울고 있었다. 그런데 어째서 나는 눈물이 나지 않는 걸까.

형은 아마도 음식 알레르기, 그중에서도 아나필락시스 쇼크라는 가장 심각한 알레르기로 사망했을 것이다.

만약 그때 좀 더 빨리 대응했더라면. 좀 더 기술이 발전해서 알레르기 원인물질을 알아낼 수 있었더라면. 아드레날린 휴대용 주사가 있었더라면. 형은 살 수 있었을지도 모른다.

하지만 그런 말은 해봤자 아무짝에도 소용이 없다. 왜냐면 형은 30년 전에 태어나 30년 전의 시대를 살았기 때문이다.

"어쩔 수 없었지."

훌쩍거리며 어머니가 말했다.

"…… 하지만 생각만 해도 그 애가 너무너무 가여워서……."

"엄마……."

"관이 진짜 자그마했어."

아버지가 말했다.

"돈이 없어서 츠야(죽은 사람의 유해를 지키며 하룻밤을 지새움-옮긴이)는 못하고 장례식만 치렀어. 쓸쓸한 장례식이었지만 학교 친구들이 많이 와줬어."

손으로 눈물을 훔치며 아버지는 계속했다.

"넌 무슨 일인지 영문을 몰라 하면서 계속 이런저런 말을 했어. '형. 왜 계속 잠만 자? 나랑 놀아줘' 하면서 말이지."

기억 저편에 그 광경이 보이는 것 같았다.

"다 끝나고 나서 너한테 설명을 했어."

듣고 싶지 않아.

"유이치 형은 죽었어. 죽었다는 건 두 번 다시 돌아오지 않는 거고 다시 놀 수 없다는 거야. 밥을 먹을 수도 없어. 무덤에 묻히는 거야."

"그랬더니 넌 이렇게 묻더라. 지금도 또렷이 생각이 난다. '그럼 언제까지 무덤에 묻혀 있는 거야?' 그 말을 듣고 나는 대답을 할 수가 없었다."

아버지는 왼손으로 얼굴을 가렸다. 손이 덜덜 떨리고 있었다. 눈물이 뚝뚝 바닥으로 떨어지는 소리가 들렸다.
"그리고 넌 말이야."
어머니가 자세를 고치며 말했다.
"절대로 울지 않았어. 그런데 3일 동안 밥을 전혀 먹지 않았단다."
그때의 허기짐.
먹으면 안 돼. 나 때문에 형이 무덤에 묻힌 거니까 절대로 난 밥을 먹으면 안 된다고 생각했다. 그때 분명히 그렇게 생각했다.
"아무리 혼내고 달래도 넌 절대로 먹지 않았어. 자기 때문에 형이 죽었다고 생각했는지……. 점점 혈색이 나빠져서 도저히 안 되겠다, 병원에 데리고 가야겠다 했을 때 넌 엄마 손을 뿌리치면서 엄마 눈을 뚫어지게 쳐다보고 이런 말을 했단다."
"어떤 말이요?"
"형이 죽은 건 나 때문이야. 난 절대 잊지 않을 거야. 평생 기억할 거야, 라고."
그랬었다. 난 그날 맹세했다. 나 때문에 형이 죽은 사실을 평생 가슴에 새기고 절대 잊지 않겠다고.
"맞아요. 제가 그때 그런 말을 했었죠. 절대로 잊으면 안 된다고 생각했어요. 그런데 저는 될 수 있는 한 형 생각을 안 하면서 살려고 했어요. 최대한 그때 일을 잊고 살려고 노력했어요. 제가 형한테 참 몹쓸 짓을 했네요."
류지는 땅바닥을 치며 하염없이 눈물을 흘렸다.
얼마나 시간이 지났을까.

"그렇지 않아."

아버지가 느닷없이 말했다.

"넌 입 밖으로 내지 않았을 뿐이지 항상 유이치를 생각했어. 그러니까 그 흔한 학원 한번 보내지도 못했는데 열심히 공부해서 성적은 늘 전교 1등이었지. 대학도 재수는 했지만 장학금을 받으면서 의대를 갔잖니. 우리처럼 가방끈이 짧은 부모에게서 태어난 네가 말이다."

"저는…… 저는……."

아니야. 아니, 그랬었구나.

"내 말이 맞아. 넌 옛날부터 어리광 한 번 부리지도 않았어. 우리 집이 가난하다고 늘 참았었지. 아빠는 안다. 넌 항상 유이치만을 생각했어."

"아빠랑 엄마는 네가 우릴 원망하는 줄 알았어. 유이치가 죽은 건 엄마, 아빠 때문이라고 생각하는 줄 알았지."

아버지가 이어서 말했다.

"미안하다."

그렇게 말하고 아버지는 손으로 눈시울을 닦았다.

류지는 울었다. 더 이상 크게 울 수 없을 만큼 울부짖으며 울었다.

지금까지 살아오면서 한 번도 그랬던 적이 없을 정도로 엉엉 울었다. 20년 어치의 슬픔을 한꺼번에 토해내듯이 울었다.

"죄송해요. 아버지, 어머니."

울면서 류지가 말했다.

"솔직히 원망도 했어요. 두 분을 원망했어요. 그렇게라도 하지 않으면 형의 죽음을 도저히 받아들일 수가 없었어요. 내 탓으로만 생각하는 게 너무나 괴로웠거든요. 견딜 수가 없었어요."

두 사람은 고개를 숙이고 있었다.

"하지만 아마 형도 엄마 아빠의 아들로 태어난 걸 기쁘게 생각할 거예요. 분명 행복했을 거예요. 20년이나 지났는데도 여전히 이렇게 슬퍼하고 괴로워하시잖아요."

한참 동안 모두 말이 없었다.

그러다 류지가 중얼거렸다.

"저, 내일 형한테 다녀올게요."

*

다음 날.

류지는 자전거를 타고서 비탈진 언덕길을 올랐다.

급경사를 달려서 그런지 류지의 등이 땀으로 흠뻑 젖었다. 하지만 평소 수술 중에 흘리는 식은땀과 달리 기분은 상쾌했다.

형의 묘지는 전망 좋은 언덕 위에 있었다. 가을바람이 솔솔 불어와 더워진 류지 몸을 시원하게 식혀주었다.

묘지 입구에 도착하고 나서야 류지는 형의 묘가 어디에 있는지 자세한 위치를 묻지 않고 온 것을 알았다.

'큰일이다. 아무도 없는데.'

바로 그때였다. 한차례 바람이 불어왔다. 그런데 뭔가 평소의 바람과는 느낌이 달랐다. 다른 사람은 알아채지 못할 만큼의 미세한

차이였다. 그 차이가 온도인지 속도인지 냄새인지 아니면 다른 그 무엇인지는 알 수 없었다.

류지는 지면을 힘차게 디디며 걸어갔다. 처음에는 왼쪽으로 직진, 그리고 두 번째 블록에서 오른쪽으로 꺾었다. 걸었다. 서두르지 않았다. 천천히 걸었다.

"여기다!"

류지는 소리쳤다. 묘비석에는 '아메노 일가 묘'라고 쓰여 있었다.

"형, 오랜만이야."

류지는 그렇게 말하며 묘비석으로 가까이 다가가 돌을 쓰다듬었다. 돌은 꺼끌꺼끌했다. 아메노 일가의 묘비석은 주위의 다른 것보다 훨씬 낡았고 모서리 모퉁이가 깨져 있었다.

"미안해. 그동안 내가 너무 안 와봤지?"

류지는 돌을 조용히 응시했다.

"형. 나, 의사가 됐어."

돌은 움직임 없이 그저 그곳에 서 있었다.

류지는 돌을 쓰다듬으며 계속 말했다.

"지금은 도쿄에 있어. 사실은 어제 엄마 아빠한테 형 얘기를 모두 들었어."

"난 어쩌면 늘 형을 기억하고 싶지 않던 걸지도 몰라. 그때의 일에 대해서 제대로 물어본 적이 한 번도 없었어."

류지는 자갈 위에 주저앉아 계속 이야기했다.

"미안해, 형. 내가 그때 좀 더 똑똑했었으면 이런 곳에 묻히지 않아도 됐을 텐데. 그래서 난 의사가 됐어. 더 이상 형 같은 사람이 생기지 않도록 의사가 됐어. 아직은 뭐가 뭔지 정신이 하나도 없지만. 위의 선배들도 무섭고 환자도 무서워. 간호사도 무섭고. 병도 무서워 죽겠어."

류지는 자세를 고쳐서 양반다리를 하고 앉았다.

"저번에 어떤 어린애가 크게 다쳐서 우리 병원에 구급차로 실려 왔어. 거의 죽기 일보 직전인 상태에서 수술했어. 그런데 그 어린애가 불평불만 하나 없이 살기 위해서 정말 열심히 싸우더라고. 결국엔 다 나아서 퇴원했어. 대단하지, 형? 겨우 다섯 살인 아이가 말이야."

"세상엔 진짜 신기한 일이 참 많아, 형. 살아 있다는 건 정말 대단한 일인 것 같아. 그 아이를 보면서 느꼈어. 그래서 형, 난 앞으로도 열심히 살려고 해. 그리고 반드시 훌륭한 의사가 될 거야. 비록 옛날엔 이 작은 돌무덤에다 형을 묻어버리고 말았지만, 언젠간 꼭 훌륭한 의사가 되겠다고 이젠 약속할 수 있어."

"그러니까 날 지켜봐 줘. 아니, 그런 말은 하지 않을게. 그냥 편히 쉬어. 정말로 미안했어. 형."

류지는 울었다. 가을비가 내리듯 조용히 울었.

그때였다.

다시 한차례 바람이 불면서 류지의 뺨을 어루만졌다.

"…… 고마워."

류지는 두 손으로 얼굴을 비비며 일어났다.

"형. 잘 있어. 또 올게."

류지는 그렇게 인사하고는 뒤돌아보지 않고 그대로 앞을 향해 걸어갔다.
한없이 높은 남국의 하늘이 여름이 끝나가고 있음을 알리고 있었다.

*

폭…… 폭…… 폭…… 폭…….
"좋아, 거기 잘라."
"네."
"좀 더 깊게."
"네."
'지직' 하는 소리와 함께 하얀 연기가 피어올랐다.
다음 순간 빨간 피가 류지의 얼굴로 팍 튀었다. 류지는 꿈쩍도 하지 않는다.
"집어."
"네"라고 말하는 동시에 류지는 혈관을 포셉으로 집었다.
삐~.
보비에 전기가 통하는 소리가 들린다.
"좋아. 실력이 많이 늘었네?"
"감사합니다."
"농담이야. 빨리 잘라."
"네!"
"그래, 좋아. 그거야. 그럼 나머지 봉합하고."

"알겠습니다."

*

류지는 수술이 끝나고 그대로 병원 현관으로 나갔다. 차가운 공기가 달궈진 몸을 식혔다.
내쉬는 숨이 하얗다. 겨울이 바로 코앞까지 다가왔다.

아메노 류지. 만 25세. 의사 1년 차.
우는 횟수는 조금씩 줄어들고 있었다.

옮긴이의 말

지금까지 종종 TV로 의학 드라마를 본 적은 있었지만, 의학 내용을 다룬 소설을 번역하는 건 이번이 처음이었다. 개인적으로 살을 째고 꿰매고 하는 그런 장면들을 보기 무서워하고 싫어하는 것도 있고 보통 의학 드라마를 보면 전문 용어가 난무하고, 화면 밑에 자막으로 해설까지 붙는 경우가 많아서 '의사가 직접 쓴 의학 소설이라니 내용도 난해하고 무섭지 않을까?' 하고 책을 펼치기도 전에 걱정부터 했다. 하지만 그건 쓸데없는 기우였다.

이 책은 일본의 남쪽 끝단 가고시마에서 나고 자란 주인공 아메노 류지가 일본의 수도 도쿄의 한 병원에서 햇병아리 외과 인턴으로서 온갖 시행착오를 겪으며 의사로 조금씩 성장해 나가는 모습을 그린 책이다. 의사가 된 지 몇 달도 되지 않은 1년 차 인턴 류지는 어릴 적 다섯 살 때 같이 놀던 형이 돌연사하는 것을 본 이후로 계속 그것이 마음에 트라우마로 남아 있다.

소설은 류지가 이러한 내적 트라우마를 환자들과의 에피소드를 통해 스스로 극복하고 해결하면서 의사로서 그리고 인간으로서 성장하고 성숙해지는 과정을 중심축으로 하면서도, 동시에 인턴 초기에 겪는 고충과 고뇌들 그리고 사회 곳곳에 나타나고 있는 양극화 현상과 의료보험제도의 맹점 등 우리가 한 번쯤은 생각해볼 필요가 있는 문제들에 대해 다루고 있다. 내적 자아가 다섯 살에 머물러 있던 류지는 생사를 넘나드는 투병 끝에 살아나는 다섯 살 다쿠마를 보면서 치유되고, 가난 때문에 의사가 되고 싶은 꿈을 포기해야만 했던 스물다섯 동갑내기 말기암 환자 이시이를 떠나보내면서 다시 한번 훌륭한 의사가 되어야겠다고 다짐한다.

환자는 의사를 통해 몸의 질병을 치료받지만 반대로 의사도 환자들이 회복되어가는 모습을 보면서 치유 받기도 한다는 점이 신선한 깨달음으로 다가왔다. 의사들도 여느 사람들과 마찬가지로 마음에 상처를 입고 또 그 상처를 안고 살아가는 보통 사람들인 것이다. 하지만 그럼에도 역시나 의사라는 직업은 아무나 할 수 있는 일이 절대 아니며, 무언가 신에게 그 임무를 부여받은 선택된 자들만이 할 수 있는 신성하고 막중한 직업인 것 같다. 결코 쉬운 일은 아니다. 지금의 모습이 있기까지 저 혹독한 인턴과 레지던트를 겪으며 단련되어왔을 주변의 의사 선생님들이 새삼 존경스러워진다.

지은이인 나카야마 유지로 또한 1980년생의 현직 외과 의사로 이

책은 그의 소설 데뷔작이다. 현직 의사가 쓴 책답게 역시 의료현장의 묘사가 매우 현장감이 넘치고 구체적이어서 읽다 보면 어느새 쉽게 빠져들어 금세 끝까지 집중해서 읽게 된다. 물론 병원이 그 배경이므로 어려운 의학 전문 용어가 많이 등장하지만, 쉬운 문장으로 쓰여서인지 절대 흐름을 방해하지 않으며 그 상황이 매우 생생히 그려진다. 때로는 머릿속 상상이 화면 속 장면보다 더 리얼할 때도 있다.

 현직 의사임에도 범상치 않은 필력에 지은이의 이력이 궁금해져 인터넷으로 검색해봤더니, SNS와 인터넷을 통해 의료계 뉴스에 대한 해설과 의견, 건강 관련 정보 등을 칼럼과 기사 형식으로 적극적으로 대중들에게 제공하면서 활발하게 활동하고 있고 『의사의 속마음』이라는 책도 출간한 바 있는 일본에서는 꽤 알려진 유명 인사였다.

 그런데 그의 여러 이력 가운데 눈에 띄는 것이 있었다. 바로 후쿠시마 원자력 사고 장소에서 20km밖에 떨어져 있지 않은 다카노 병원에서 2개월 동안 병원장으로 근무했던 이력이었다. 다카노 병원은 후쿠시마 원자력발전소 인근 지역에서 몇십 년 동안 지역주민들의 의료를 책임지던 병원으로 그 지역에 남은 주민들이 유일하게 의지할 수 있는 의료시설이라고 한다. 그런데 거기서 홀로 남아 환자들을 진료하던 팔순 넘긴 다카노 히데오 원장이 갑작스러운 화재로 사망하면서 의료 공백이 생기게 되었다. 이 소식을 접한 지은이는 당시 두 달 후 후쿠시마현의 다른 병원 외과의로 이직이 결정되어 있었는데 이전 병원의 사직을 앞당겨 두 달 동안 다카노 병원의 원장으로 근무했다고 한다.

일본 내에서도 기피하는 후쿠시마로의 이직을 결정한 점이나 단기간이지만 다카노 병원장을 맡은 것만 봐도 의사로서의 기본적 사명을 제대로 인지하고 몸소 실천하는 의사라는 것을 알 수 있다. 이 책을 읽고 나면 뭔가 마음이 훈훈해지는 것은 아마도 글 속에 이러한 지은이의 사고와 인격, 의식이 녹아있기 때문일 것이다.

예나 지금이나 변함없이 우리나라에서 최상위권 대입 수험생들이 가장 선호하는 과가 의과대학이고 한 해에 우리나라에서 3,000명이 넘는 새내기 의사들이 배출되고 있다.

우리 주변에도 분명 사명 의식을 가지고 묵묵히 의료현장에서 환자들에게 최선을 다하는 실력과 인품을 겸비한 의사 선생님들이 많이 있을 것이다. 대부분이 그럴 것이다. 그렇다고 믿고 싶다. 그 바람은 비단 나만의 바람이 아닌 우리 모두의 바람일 것이다. 그 바람이 현실로 이루어지는 데 이 책이 조금이라도 도움이 되었으면 좋겠다.

2020년 3월
옮긴이

울지마 인턴

초판 1쇄 2020년 05월 15일
초판 2쇄 2022년 04월 25일

지은이 나카야마 유지로
옮긴이 오승민
펴낸이 김운태
기획·관리 박정윤
편집 김운태
디자인 심플리 그라픽스

펴낸곳 도서출판 미래지향
출판등록 2011년 11월 18일 제2013-000129호
주소 서울시 마포구 마포대로 53 B동 1603호
전자우편 kimwt@miraejihyang.com
대표전화 02-780-4842
팩스 02-707-2475
홈페이지 www.miraejihyang.com

ISBN 979-11-85851-06-8   03830

값은 뒤표지에 있습니다.
잘못된 책은 구입하신 서점에서 바꾸어 드립니다.

이 도서의 국립중앙도서관 출판예정도서목록(CIP)은 서지정보유통지원시스템 홈페이지(http://seoji.nl.go.kr)와 국가자료종합목록 구축시스템(http://kolis-net.nl.go.kr)에서 이용하실 수 있습니다. (CIP제어번호 : 2020016085)